AMANECER EN TUS BRAZOS
Christy Lockhart

HARLEQUIN®
Tiempo para ti™

NOVELAS CON CORAZÓN

Editado por HARLEQUIN IBÉRICA, S.A.
Hermosilla, 21
28001 Madrid

I.S.B.N.: 84-396-7945-9
Depósito legal: B-19686-2000
Editor responsable: M. T. Villar
Diseño cubierta: María J. Velasco Juez
Composición: M.T., S.A.
Avda. Filipinas, 48. 28003 Madrid
Fotomecánica: PREIMPRESIÓN 2000
c/. Matilde Hernández, 34. 28019 Madrid
Impresión y encuadernación: LITOGRAFÍA ROSÉS, S.A.
c/. Energía, 11. 08850 Gavá (Barcelona)
Fecha impresion para Argentina:2.12.00
Distribuidor exclusivo para España: M.I.D.E.S.A.
Distribuidor para México: INTERMEX, S.A.
Distribuidores para Argentina: interior, BERTRAN, S.A.C. Vélez
Sársfield, 1950. Cap. Fed./ Buenos Aires y Gran Buenos Aires,
VACCARO SÁNCHEZ y Cía, S.A.
Distribuidor para Chile: DISTRIBUIDORA ALFA, S.A.

Capítulo Uno

–¿Estás embarazada?

Lilly Baldwin levantó la cabeza y se encontró con la airada mirada de Nick Andrews. Dejó caer los claveles rosas que había estado arreglando y escuchó el golpe de la puerta de la tienda cerrándose tras él. Un hombre de más de metro ochenta, pura energía masculina, comenzó a consumirla mientras se acercaba. Nick caminaba con el ceño fruncido, haciendo retumbar el suelo de madera con sus botas.

–Te he hecho una pregunta –insistió dejando un ejemplar del *Courier* sobre el mostrador.

Lilly bajó la vista y vio el periódico abierto por la columna de cotilleo de Miss Starr. Y se sobresaltó cuando vio el nombre de su médico junto a las palabras «relación» y «recientes nupcias de Kurt y Jessie Majors». Casi anunciaba que ella sería la próxima madre soltera de la diminuta ciudad de Colorado.

Lilly tragó y comprendió que no tenía más remedio que ser valiente y capear el temporal. Tras huir de Aaron se había jurado a sí misma que nunca más volvería a dejarse intimidar por ningún hombre. Echó los hombros atrás y, reuniendo coraje, contestó:

–Sí, estoy embarazada.

Nick se inclinó hacia adelante. Lilly no deseaba hacerlo, pero no tuvo más remedio que dar un paso atrás.

–¿Quién es el padre?

Lilly respiró hondo, se encontró con la airada mirada azul de él y confesó, en voz baja:

–No he estado con ningún hombre... excepto contigo.

Los juramentos de Nick la asustaron, obligándola a hacer una mueca defensiva.

–¿Y cuándo planeabas decírmelo? –exigió saber él subrayando la fuerza de sus palabras con el tamborileo de las uñas sobre el mostrador–. ¿Cuando se te notara? ¿Cuando Miss Starr anunciara el nacimiento por Navidad y yo echara mis cálculos? ¿Cuando te encontrara por casualidad por la calle con mi hijo? ¿O cuando alguien notara que él y yo nos parecemos? ¿Cuándo, Lilly?

–Yo... –Lilly descartó cien respuestas diferentes y finalmente se decidió por la verdad–: No pensaba pedirte ayuda. Creo que puedo criar yo sola a mi hijo. He ahorrado el suficiente dinero como para mantenernos los dos. Suponía que no deseabas que te cargara con este peso a las espaldas.

En lugar de calmar a Nick aquella respuesta lo enervó más.

–¿Así que supusiste que no deseaba que me cargaras con ese peso a las espaldas?

–Soy yo la que está embarazada –explicó Lilly sin aliento, tratando de demostrarle la lógica de su razonamiento–. Yo me haré cargo del niño.

–¡Ah, tú te harás cargo!, ¿es eso?

–No pensé que el embarazo te importara.

–¿Pensaste que no me importaba el hecho de ser padre? –insistió Nick en un susurro que la hizo estremecerse.

Lilly se lamió los labios y trató de responder:

–Aquella noche...

–¿Te refieres a la noche en la que hicimos el amor? ¿A la noche en la que gritabas mi nombre mientras alcanzabas el clímax en mis brazos? –la interrumpió Nick con brusquedad–. ¿A la noche en la que me contaste que no podías quedarte embarazada?

–Creía que era estéril –respondió ella abrazándose a sí misma en un gesto de autoprotección.

–¿Y cómo diablos se queda embarazada una mujer estéril?

–No lo sé –sacudió Lilly la cabeza incrédula–. Yo estoy tan sorprendida como tú.

4

–Apuesto a que sí –contestó entonces Nick dejando que su mirada vagara por el cuerpo de Lilly para detenerse en su vientre.

–Por favor, Nick, tienes que escucharme. Llevo años tratando de quedarme embarazada. Incluso he ido al médico, me hicieron análisis –Nick permaneció en silencio. Tras unos segundos ella suspiró y continuó–: No me crees.

–Ni una palabra.

–Pero no pensarás que te he engañado, ¿verdad?

–¿Y por qué iba a pensarlo? ¿Porque desapareciste después de pasar una noche conmigo? ¿Porque mentiste sobre tu incapacidad de concebir, a pesar de que te preguntara si debía de usar protección? ¿O quizá porque ahora mantienes en secreto el hecho de que estás embarazada? ¿Por qué diablos iba a pensar yo que quieres engañarme, Lilly?

–No entiendes –respondió ella sacudiendo la cabeza–. Pensé que sería más fácil para ti si hacía las cosas así, es evidente que tú no deseas ser padre.

–¡En el nombre de Dios!, ¿de dónde has sacado esa idea?

–De la forma en que echaste a tu familia de tu casa y de tu vida.

Lilly vio trasformarse la ira en rabia en los ojos azules de Nick. Sus puños se cerraron, y ella dio otro paso atrás. Hubiera debido de callarse, nunca hubiera debido de soltarle de ese modo la verdad, pero era demasiado tarde.

–Tú no sabes nada sobre mi matrimonio con Marcy, no sabes nada sobre lo que sentía por Shanna. ¡No sabes nada de nada! Pero te diré una cosa, Lilly Baldwin: ahora se trata de nosotros, de ti, de mí y de nuestro hijo... y de los años que vamos a pasar juntos.

Las rodillas de Lilly flojearon. Tenía que defenderse. Al escapar de Aaron se había jurado a sí misma que nunca volvería a dejar que un hombre gobernara su vida. Pero aquel hombre... aquel poderoso y amenazador hombre... la abrumaba.

–Comprendo que estés enfadado...

–No, me enfadé a la mañana siguiente de hacer el amor, cuando huiste de mí sin darme ninguna explicación. Ahora estoy... –Nick dio un puñetazo sobre el periódico, en el mostrador–... furioso.

Nick rodeó el mostrador repentinamente, clavando a Lilly a la pared, y puso las manos a los lados de su cabeza acorralándola con su enorme cuerpo a escasos centímetros de ella. Lilly tragó y respiró el aire electrificado por su presencia. Al hablar todo el acaloramiento de Nick rozaba el rostro asustado de ella.

–Tenía derecho a saber que estabas embarazada antes de descubrirlo por los periódicos. Tengo derecho a estar presente en todas las decisiones que afecten a mi hijo y a su futuro –añadió Nick en un tono de voz amenazador–. Y desde ahora mismo reclamo todos mis derechos –un repentino sentimiento de protección invadió a Lilly. Era de su bebé de quien estaban hablando. De su bebé, del hijo que había deseado durante toda su vida, del milagro que nunca había creído posible experimentar–. Has cometido un terrible error, Lilly. Te has equivocado. En todo.

–Sé razonable, Nick –exigió Lilly respirando hondo y tratando de hacerle comprender su punto de vista–. Tú ya tienes tu vida hecha, tienes tu rancho... no hay ninguna razón para que cambies de vida. No es necesario. Yo no deseo que la cambies.

–¿Y crees que a mí me importa lo que tú deseas, Lilly? A mí lo que me importa es hacer lo que debo, nada más –Nick se acercó aún más robándole el espacio, el aire para respirar. En sus ojos azules brillaba la ira en lugar del deseo que había brillado la noche en que hicieron el amor–. Si querías jugar con tus propias reglas haberte acostado con un hombre al que no le importara que lo utilizaran, con un hombre al que no le importara que tuvieras a su hijo sin ni siquiera decírselo, con un hombre al que no le importara la familia. Pero te equivocaste, te acostaste conmigo.

–Está bien, Nick –respondió Lilly pasándose los dedos por el cabello y dejando caer después la mano–. No te utilicé, pero comprendo cómo te sientes y te pido disculpas.

–No las quiero.

–Los dos somos adultos –continuó Lilly tratando de mostrar una calma que no sentía–. Estoy segura de que podemos llegar a una solución.

–Desde luego, ahora mismo.

–¿Qué quieres de mí?

–El matrimonio.

Eso nunca.

Los hombros de Lilly se aflojaron, pero él curvó las manos y los agarró. Aquel contacto la hizo estremecerse. Lilly luchó contra la tentación de ceder ante él una vez más. A duras penas había sobrevivido a un desastroso matrimonio, no podía volver a abandonarse a un hombre que tenía tanto poder sobre ella.

–Hemos concebido un bebé, y tenemos que darle una familia y una legitimidad.

–¡No puedo casarme contigo! –exclamó al fin Lilly desafiándolo con la mirada a pesar del terror que sentía.

Aquella promesa de matrimonio no era sino una sentencia de muerte en la que se intercambiaba un anillo por la libertad. Lilly trató de soltarse, pero solo consiguió que él la agarrara con más fuerza.

–Estoy dispuesta a compartirlo todo contigo. Te concederé derecho de visita. El bebé sabrá quién es su padre.

–Matrimonio o nada –la corrigió él–. Dentro de dos semanas, antes de que se te note. Nuestro hijo ya ha sido objeto de especulaciones en la columna de Miss Starr, y no voy a permitir que nadie hable de él en la ciudad. Ni de su madre.

Como habían hablado de él, del propio Nick, y de su madre, años atrás. Para él ese tema era innegociable. Lilly llevaba a su hijo en el vientre, de modo que sería su novia. Y su hijo llevaría su nombre.

Pasarían juntos las vacaciones y los cumpleaños, como hacían todas las familias. Él estaría presente la mañana de Navidad... Aquella idea lo emocionó tanto que se le aceleró el pulso. Quizá porque apenas tenía recuerdos de las navidades de su infancia.

Sí, estaría presente cuando se abrieran los regalos, estaría presente en cada uno de los acontecimientos importantes de la vida de su hijo: en el colegio, en la cita con el dentista, siempre. Como debía ser.

Marcy le había robado la posibilidad de ser padre, y no estaba dispuesto a permitir que eso volviera a suceder.

Así de simple.

El hecho de que Lilly estuviera demostrando que era tan manipuladora como Marcy era del todo intrascendente. Ningún hijo suyo sería un bastardo, ningún hijo suyo soportaría ese calificativo ni escucharía un solo rumor. No mientras él viviera.

–No sabemos nada el uno del otro –protestó Lilly.

–Lo aprenderemos.

Lilly alzó las manos y lo agarró de las muñecas, tratando de apartarlo de su lado. Nick pudo ver el pánico en sus ojos. Una parte de él deseaba ceder, asegurarle que todo iría bien, que él no era el ogro que había imaginado. Ya en una ocasión, la noche en que se acostaron juntos, Nick había combatido su aprensión hacia los hombres, hacia él mismo. Y había resultado victorioso. Sin embargo no se atrevía a intentarlo de nuevo.

Lilly no era diferente de cualquier otra mujer.

Dos meses atrás ella lo había invitado a su cama. Y él sólo había pretendido eso.

–Ni siquiera te gusto –atacó ella.

–Eso no importa.

–¡A mí sí! –exclamó Lilly cerrando los ojos con fuerza y respirando entrecortadamente.

–Hubo una noche en que nos soportamos –dijo él haciéndole recordar a Lilly su sensual respuesta y la forma en que la seda de su ropa se había deslizado por su piel.

Nick había abrazado sus pechos con las manos, había sentido su plenitud y la respuesta excitada de sus pezones, que clamaban por sus caricias. Incluso en ese momento, con solo recordar los suaves quejidos de ella, Nick se excitaba.

–Esa noche sí que nos gustamos el uno al otro –insistió él.

–No me lo recuerdes –sin embargo Nick deseaba hacerlo. Aquella noche Lilly lo había aceptado, aunque no lo aceptara en ese momento–. Tienes que comprender que es una locura.

–Eres tú quien tiene que comprender que no lo es –alegó Nick agarrándola de los hombros–. ¿Qué clase de madre expondría a su hijo a que lo llamaran bastardo?

–¿Bastardo? –repitió ella incrédula–. Estamos en un nuevo milenio, Nick.

–No aquí –respondió él.

–Estás chapado a la antigua.

–No, tú eres una ingenua –contraatacó él–. Ésta es una ciudad pequeña, y la gente hablará. Piénsalo.

Nick se había pasado la vida luchando contra la etiqueta de hijo no deseado, metiéndose en más problemas de los que jamás hubiera imaginado. Su madre había acudido al despacho del director del colegio tantas veces como él, y para cuando terminó los estudios de bachiller lo habían suspendido más de tres docenas de veces. Nunca se hubiera expuesto al ridículo o la humillación de haber tenido un padre.

–Es más complicado que eso... no puedo volver a casarme.

–¿Por qué no, Lilly?

Los ojos verdes de Lilly estaban nublados. Ella abrió la boca para responder, pero luego volvió a cerrarla. Lilly tenía secretos, eso era evidente, y Nick quería descubrirlos todos uno tras otro.

–Simplemente no puedo.

–Esa razón no sirve... ni me sirve a mí ni le sirve al bebé.

A Nick le gustaba sentirse acorralado tan poco como a Lilly. Se había jurado a sí mismo que nunca dejaría que ninguna otra mujer lo manipulara, pero estaba dispuesto a hacer sacrificios por su hijo, por la carne de su carne. Y si era necesario se aseguraría de que Lilly también los hiciera. Hundió los dedos en el cabello de ella y continuó:

–Ya no se trata ni de ti ni de mí.

Los ojos verdes de Lilly eran grandes, expresivos, atractivos. Habían sido sus ojos lo que primero lo habían cautivado, lo que lo habían hecho desear conocerla mejor. Sus ojos reían cuando ella reía. Y después, más tarde, se habían oscurecido con un deseo igual al de él.

–Ya te he prometido que no te dejaré al margen. ¿Es que no te basta con eso?

–No –sacudió Nick la cabeza–. Todo niño merece un padre, a pesar de lo que sientas por el hombre con el que te has acostado.

–Eres imposible.

–Quizá –repuso Nick. Lilly había dado justo en la llaga. Él amaba a Shanna con toda su alma, y se sentía destrozado de haberla perdido. Pero era precisamente esa pérdida la que lo decidía a no dejar que otro hijo se le escapara. Y menos aún un hijo que era carne de su carne–. Pero ya ves, te dejo que fijes tú la fecha.

–No puedes obligarme a casarme contigo.

Nick capturó la barbilla de Lilly y acarició la suave piel. El pulgar trazó el recto sendero de su garganta y se quedó justo donde vibraba su pulso.

–¿Tan terrible sería? –inquirió en voz baja.

Lilly tembló bajo su contacto como ya lo había hecho en una ocasión, encendiendo la mecha de la pasión en él. Pero Nick no estaba preparado para sofocar esa pasión.

En la boda de Kurt y Jessie le había pedido a Lilly que bailara con él, y al principio ella se había negado. Entonces él había esbozado su mejor sonrisa, había hablado en voz baja y tranquila y había logrado que, poco a poco, Lilly cambiara de opinión. Habían bailado un primer baile, y luego otro.

Y las respuestas de Lilly habían sido seductoras e inocentes, increíblemente honestas. O al menos eso le había parecido entonces.

Pero en realidad no había sido así. Lilly había jugado con él más aún de lo que lo había hecho Marcy.

Nick había mantenido otras relaciones desde el naufragio de su matrimonio, pero en ninguna ocasión había dejado que eso lo afectara. Lilly, en cambio, le había arrojado el lazo y lo había arrastrado a su traicionero juego, engañándolo. Se había jurado a sí mismo que nunca volvería a comportarse como un payaso, y eso era, precisamente, lo que ella había hecho de él. Sin embargo los juegos de Lilly habían terminado.

–Lilly, Lilly –continuó Nick acariciando suavemente su cuello–, me gustaría arrastrar tu precioso trasero al Registro Civil ahora mismo. Dejarte decidir la fecha es un acto de inmensa generosidad teniendo en cuenta lo que siento –añadió dejando de acariciarla de pronto–. ¿Quieres que te lo demuestre? –Lilly no respondió–. Así que... ¿qué te parece? ¿Qué tipo de ceremonia deseas? ¿Una complicada, o una íntima? ¿Cuándo quieres que la celebremos? La elección es tuya.

–¿Elección? –repitió ella–. ¿Qué clase de elección es esa?

–La única de la que vas a disponer.

–Lo siento, Nick, no voy a casarme contigo –aseguró Lilly sacudiendo la cabeza con firmeza.

–Bien –contestó él resbalando la mano hasta el hombro de ella–, entonces te veré en los tribunales.

–¿En los tribunales?

–Te demandaré para obtener la plena custodia de nuestro hijo.

–¡No! –exclamó ella desesperada, tratando de apartar a Nick. Él no se inmutó–. Por favor... –las lágrimas comenzaron a invadir sus mejillas, su cuerpo se puso rígido y sus rodillas flojearon–. No puedes estar hablando en serio.

–Prueba a ver.

Capítulo Dos

Lilly trató de tragar el nudo que atenazaba su garganta. Con la mandíbula tensa, la vena vibrando en la sien y la mirada fija, Nick la desafiaba.

–¿Le harías eso a nuestro hijo? –preguntó asombrada.

–Estoy haciendo lo correcto. Lo correcto es que nuestro hijo tenga padre y madre, y que nosotros nos casemos.

–Entonces...

–Entonces, a menos que te cases conmigo, haré todo lo que esté en mi poder para criar yo a ese niño.

–Estás tratando de manejarme.

–No, Lilly. Tal y como ya te he dicho no se trata solo de nosotros.

La mente de Lilly se aceleró mientras trataba de concentrarse en las consecuencias. Nick la demandaría, y con el sistema legal americano tenía posibilidades de ganar al menos una custodia parcial.

La idea de que su hijo pasara solo la mitad del tiempo con ella y la otra mitad con Nick la hacía estremecerse. Tenía amigos divorciados, y conocía las luchas a las que habían tenido que enfrentarse. Vacaciones de navidades separados, tristes despedidas las noches de los viernes, cumpleaños y veranos divididos entre los dos padres...

Lilly luchó contra un mareo repentino, soltó las muñecas de Nick y se agarró a las solapas de su camiseta.

–¿Lilly? –la llamó él mientras ella escuchaba su voz como si estuviera a kilómetros de distancia.

Él le había robado su oportunidad de elegir.

Estaba tratando de manejar su vida, de controlarla. Tenía el poder, y a ella no le quedaba nada. Lilly lo maldijo en silencio. Un segundo y repentino mareo hizo que sus rodillas flojearan.

–¡Lilly! ¡Contéstame!

Lilly luchó contra la amenaza de la oscuridad, incapaz de pensar en nada excepto en el bebé que crecía en sus entrañas. Con un movimiento tan rápido que ella apenas pudo verlo Nick la agarró y la levantó del suelo, acunándola en sus brazos.

Lilly vio las estrellas delante de sus ojos, su cabeza rodó hasta apoyarse sobre el pecho de Nick.

Aquel era el Nick que ella recordaba de su noche juntos: tierno y considerado, no el hombre exigente y desafiante que reclamaba de ella una total rendición.

–Estoy bien –musitó Lilly tratando de recuperarse.

–¿Está tu hermana en la trastienda?

–No, es su día libre.

Nick rodeó el mostrador y se dirigió hacia la puerta de salida.

–¿A dónde me llevas?

–Al médico.

Lilly se agarró a la camiseta de Nick tratando de recuperar el sentido, excitada ante la idea de sentir su cuerpo. Él, sin vacilar un momento, giró el cartel que decía «abierto» para poner el de «cerrado» y llevó a Lilly hasta su camión.

Por una vez a Lilly no le importó que él tomara sus decisiones. El hecho de que se hubiera mareado la asustaba, y sabía que a él también. Aquella idea le daba fuerzas, la arropaba como un manto de seguridad.

Nick la posó delicadamente sobre el asiento delantero del coche y alcanzó el cinturón de seguridad. Su brazo le rozó la punta de uno de los sensibles pechos y ella jadeó.

–Lo siento.

–No es nada, es solo que...

–¿Solo que...? –Nick se quedó helado y buscó su mirada.

–Estoy un poco sensible.

Se sentía cohibida. No podía dejar de recordar la forma en que se le había entregado por completo. La mirada de Nick estaba fija en sus pechos, y Lilly los sintió hincharse y escocer de un modo irresistible, de un modo que no quiso reconocer como deseo...

Tras subirse al asiento junto a ella Nick aceleró en dirección a la Third Street. A cada minuto que pasaba Lilly se sentía mejor. Para cuando llegaron a la consulta del médico ya no sentía mareos ni se le nublaba la vista.

Pero asegurarle repetidamente a Nick que se encontraba bien no impidió que él siguiera fijando toda su atención sobre ella. Incluso insistió en llevarla en brazos a pesar de que le dijo que podía caminar.

La enfermera les abrió la puerta y los hizo pasar a la consulta. Nick entró a grandes pasos.

—No puedes entrar aquí conmigo —protestó Lilly.

Nick ignoró su comentario. La enfermera le tomó la presión sanguínea y la temperatura, y luego sonrió.

—¿Va todo bien? —preguntó Nick—. ¿El bebé, Lilly...?

—¿Se comporta siempre así? —preguntó a su vez la mujer.

—No, a veces peor —replicó Lilly ruborizándose.

—Tendrás que preguntárselo al médico —dijo al fin la enfermera—, pero desde luego la presión sanguínea y la temperatura son correctas. Tranquilo, papá.

La enfermera salió y cerró la puerta, y las miradas de ambos se encontraron.

Papá.

En ese preciso instante Lilly comprendió con claridad el punto de vista de Nick. No tenía derecho a negarle nada, a pesar de todos sus miedos y todas sus vacilaciones. Él había tomado parte en el hecho de crear una vida tanto como ella.

Unos segundos más tarde el médico llamó a la puerta y entró.

—Lilly, he oído decir que has visto las estrellas —dijo el médico a modo de saludo. Lilly se tranquilizó al ver la naturalidad con la que la atendía, pensando que si algo fuera mal él hubiera estado más tenso. Cerró los ojos y dio gracias en silencio—. Nick Andrews, no había vuelto a verte desde lo de tu madre.

–Lilly y el bebé... ¿están bien?

–Eso te convierte a ti en...

–El novio de Lilly –repuso Nick mientras el corazón de Lilly daba un vuelco y sus miradas se encontraban.

–Y el padre de mi hijo –añadió ella.

–¡Ah!, entonces supongo que debo de daros la enhorabuena. Por ambas cosas.

Nick estaba de pie tan cerca de ella que Lilly podía sentir su calor. Podía mirarlo por el rabillo del ojo. Tenía los brazos cruzados sobre el pecho, y observaba de cerca al doctor mientras este la examinaba. Trató de apartar la vista, de mirar a cualquier lado excepto al hombre que constituía el centro de todo aquel asunto.

–¿No te caíste?

–No, Nick me agarró.

–Y siempre lo haré –afirmó él en voz baja.

–Bien, bien –el médico se ajustó el estetoscopio–. Bueno, joven dama, parece que se ha desmayado usted.

–¿Y qué ha causado ese desmayo? –inquirió Nick exigente.

–Pueden haber sido diversas cosas: no haber comido con regularidad, ponerse de pie demasiado deprisa, la tensión que soporta el cuerpo a causa del embarazo –luego, dirigiéndose a Lilly, añadió–: Estás bien, pero no te vendría mal un poco más de descanso durante los próximos días. ¿Hay alguien que pueda cuidar de ti?

–Yo lo haré –se ofreció Nick.

–Bien, bien. Puedes volver a tu vida normal, incluyendo las relaciones sexuales, conforme te vayas encontrando mejor.

Lilly sintió que el corazón le daba un vuelco. Sabía lo que eso significaba. Y por la expresión de los ojos de Nick él estaba recordando lo mismo.

–Te veré dentro de un par de semanas, Lilly, a menos que tengas problemas o que quieras hacerme alguna pregunta, en cuyo caso debes de llamar de inmediato.

–Lo haremos –prometió Nick.

Lilly se preguntó si había algo que hubiera podido protegerla de Nick y de los efectos de aquella noche de luna llena, cuando se vio arrastrada por la magia y el romance y por los ojos de adoración de una novia para con su nuevo esposo...

Hasta esa noche Lilly nunca había conocido una soledad tan dolorosa, capaz de causarle un dolor tan profundo en el corazón. Otras chicas tenían parejas con las que bailar, maridos y novios a los que amar y abrazar. Pero ella no tenía a nadie. Hasta que llegó Nick.

Aquella única noche juntos había sido incomparable. Lilly no era de esas mujeres que buscaran constantemente el placer. La forma en que la pasión la había arrastrado era algo completamente inusual en su forma de ser.

Pero Nick Andrews era distinto de cualquier hombre al que ella hubiera conocido nunca.

Aquella noche Lilly estaba de pie, junto al cuenco del ponche y sintiéndose terriblemente sola cuando Nick se aproximó. Iba decorosamente vestido de padrino, con su traje de etiqueta y una sonrisa traviesa y sexy. Y nada más pedirle un baile Lilly sintió que derribaba todas sus defensas.

Había comprendido, instintivamente, que él era demasiado devastador y peligroso para ella. Había tratado de mostrarse distante, de mantenerse a salvo, y había declinado su oferta. Pero Nick se había mostrado insistente. Y entonces, antes de que pudiera darse cuenta de lo que estaba ocurriendo, estaba perdida.

El médico se marchó y aquello devolvió a Lilly a la realidad.

—¿Lista para marcharnos?

—En serio, Nick, aprecio mucho lo considerado que eres, pero Beth puede cuidarme —objetó Lilly con tranquilidad, sabiendo que era inútil discutir.

Pensar en Beth, su hermana mayor, cuidándola, no le resultaba tan irritante como pensar en Nick poniéndose cómodo en su casa.

—Estoy seguro de que sí —confirmó él. Lilly se relajó, agradecida, sintiendo que le quitaba un peso de encima—. Pero te cuidaré yo.

–No quiero discutir.

–Pues entonces no discutas.

–Nick...

–Voy a cuidar de la mujer que lleva dentro a mi hijo. Fin de la discusión.

Lilly suspiró llena de frustración, pero no siguió discutiendo. A decir verdad estaba bastante asustada, y le gustaba la idea de que alguien la cuidara. ¿Pero por qué diablos tenía Nick que ser tan sexy?

–¿Quieres ir andando o quieres que te lleve en brazos? –inquirió Nick ofreciéndole una mano.

Lilly dejó que la ayudara a bajar de la camilla y contestó:

–Puedo caminar.

Aquello, sin embargo, no impidió que él la agarrara posesivo del codo. Y eso que ni siquiera eran novios oficialmente.

Fuera, al calor de los primeros rayos de sol de la primavera, Lilly sintió que se le ponía el vello de punta. Pero no por culpa de la brisa de Eagle's Peak, que hacía ondear las copas de los pinos, sino por la forma en que el contacto con Nick la hacía recordar y volver a olvidar.

Había huido de él a la mañana siguiente de hacer el amor.

A la pálida luz de la mañana había comprendido que había sido un error. Nick, observando que estaba despierta, la había abrazado y había enredado los dedos en sus cabellos. Con un gemido suave y sexy le había dicho que estaban muy bien juntos, que quería conocerla mejor. Y le había pedido que comenzaran a citarse.

Lilly había comprendido, incluso entonces, lo poderoso que era Nick. Había musitado una excusa para deshacerse de su abrazo y había rogado por que se fuera cuanto antes a la ducha. Y nada más irse ella se había marchado. La seguridad de que no hubiera podido sobrevivir a una relación con él la había desgarrado.

Pero eso era, exactamente, lo que había conseguido al final.

Nick cerró la puerta del camión y subió. En aquella ocasión, por suerte, no trató de abrocharle el cinturón de seguridad.

Lilly, más tranquila y menos abrumada por las atenciones de Nick, comenzó a sentir su presencia. La presencia del hombre al que había conocido en la boda de Kurt y Jessie, el hombre que la había abrazado y que la había levantado en brazos. Inhaló su fragancia sudorosa y sexy, la misma que la había envuelto mientras bailaban.

En lugar de girar al Oeste hacia el área residencial de la ciudad, donde vivía Lilly, Nick se dirigió hacia el Este. El corazón de ella se hundió. Lo miró a la cara y exigió saber:

–¿A dónde vamos?

Nick apartó la vista de la carretera por espacio de unos segundos.

–A casa.

–¿A casa?

–A mi casa –aclaró él–. Al rancho. Me será más fácil cuidarte si te quedas allí.

–Nick, esto es... tú... no puedes hacer esto.

–Ya oíste lo que dijo el médico.

–No tergiverses sus palabras para amoldarlas a tus intereses.

–No deberías de ponerte nerviosa.

–Pues deja de ponerme nerviosa –replicó ella observando su duro perfil.

–Lilly, el médico quiere que alguien se quede contigo. Yo soy tu novio, llevas en tus entrañas a mi hijo. Soy la persona más indicada para cuidarte. Quiero cuidarte.

–Estoy acostumbrada a cuidar de mí misma.

–Lo sé –confirmó Nick rozándole el hombro–, pero no tienes porqué ser un chica tan dura todo el tiempo.

–No lo soy.

–Entonces déjame ayudarte.

A pesar del ligero jersey Lilly sintió el calor de Nick. Y en sus ojos vio que no estaba añadiendo una nueva exigencia. Aquello era un ruego. Nick sabía cómo anular sus defensas.

–Nick, puedo arreglármelas sola.

–Aquella mañana huiste de mí.

–No sigas.

–Disfrutaste de la noche que pasamos juntos –Lilly no pudo responder. No teniendo en cuenta el modo en que su corazón latía acelerado y los recuerdos enturbiaban su mente–. ¿No es cierto?

–Eso no importa.

–Sí importa –contraatacó él.

Lilly se inclinó hacia la puerta sin pensar, pero solo consiguió que Nick deslizara la mano por su nuca y pusiera el pulgar justo en el lugar en el que le latía el pulso acelerado. Las emociones que tanto quería y necesitaba ocultar quedaron al descubierto.

–¿Fue solo mi imaginación o tu cuerpo respondió a mis caricias desmoronándose en mis brazos?

–Nick, déjalo ya. Aquella noche terminó. Fue un error.

–¿Te proporcioné el mismo placer que recibí yo, Lilly? –insistió Nick sin dejar de acariciarla lenta y tortuosamente.

–Tú...

–¿Te hice sentir cosas, te hice gritar de necesidad?

–Nick, por favor. ¿Tenemos que discutir sobre ello?

–Tu respuesta no era parte de la mentira, ¿verdad? No era una forma de mantenerme interesado y de conseguir que yo me hundiera en ti más de una vez, ¿no es cierto? –solo el cielo podía salvarla de aquel hombre, de sus expertas caricias, de sus sensuales preguntas–. ¿No es cierto, Lilly?

Nick no se daría por satisfecho hasta que no hubiera contestado. ¿Pero podía contestar? ¿Dónde estaba el coraje a la hora de admitir algo que prefería mantener oculto incluso para sí misma? Tenía que ser sincera; él no se conformaría con menos.

–No fue una mentira –confesó con voz trémula–. Yo...

–¿Sí?

–Yo te deseaba.

–Está en la naturaleza de los hombres y de las mujeres desearse los unos a los otros.

–Quizá esté en la naturaleza humana –respondió ella–, pero no en la mía.

–Ríndete, Lilly –¿rendirse?, ¿como había hecho ya en una ocasión? No podía–. Deja que te cuide. Descansa cuanto necesites, aprovéchate de que estoy a tu disposición.

–Nick...

Lilly cerró los ojos con fuerza, pero de alguna manera aquello no sirvió sino para que sintiera un mayor contraste entre las caricias de aquellas fuertes manos y su piel de seda. Cada nueva sensación parecía más imponente, Lilly no deseaba otra cosa que responder.

Abrió los ojos. Nick la observaba atento, sin perder detalle: ella tenía los labios de pronto entreabiertos, su respiración había cambiado de ritmo.

–Si no quieres hacerlo por mí o por ti hazlo al menos por nuestro hijo –insistió Nick una vez más, llevándola al límite–. ¿Qué dices? Ríndete, aunque solo sea por esta vez.

El pulso de Lilly estaba acelerado, el aire parecía cargado de peligros. Ella se rindió de mala gana, con el único objeto de calmar a Nick.

–Está bien, me quedaré contigo. Pero solo temporalmente.

Entonces él sonrió. Era extraño, pero no fue una sonrisa triunfal. Sus ojos, de un azul oscurecido, se iluminaron, perdieron ligeramente aquella cualidad agresiva y hostil. Lilly había visto anteriormente aquella expresión, mientras bailaban la segunda pieza de baile en la boda de Kurt y Jessie y él rozaba sus labios con un dedo...

Nick la soltó y Lilly abrió la puerta del camión. Fuera corría la brisa fresca de la montaña de Eagle's Peak, helándola justo por donde él la había acariciado.

–¿Tienes frío?

–Estoy bien –contestó Lilly sacudiendo la cabeza.

Al menos lo estaba físicamente. ¿Acaso a Nick no se le escapaba ningún detalle? Nick puso un brazo a su alrededor y la atrajo hacia sí. Como si fueran una pareja...

Un escalofrío le recorrió la espalda. Y en esa ocasión se trataba de algo más que el aire frío de la montaña. Si él se salía con la suya acabarían por ser una pareja, con un contrato firmado ante testigos. Nick podía ejercer ese tipo de control sobre ella.

Entraron en la casa y él cerró la puerta. Una vez desvanecidas sus posibilidades de escapar Lilly sintió que su corazón se hundía. Gracias a Dios él retiró el brazo de sus hombros y se adentró en la casa. La dejó sola en el vestíbulo, de momento.

Lilly no pudo evitar recordar la única ocasión en que había entrado en esa casa. Era tarde, estaba oscuro, y ella había centrado toda su atención en él. Nick la hizo subir las escaleras y ella solo tuvo tiempo de ver algunos detalles de la decoración del dormitorio. La cama, de pino, era el mueble que más resaltaba.

Lilly sacudió la cabeza tratando de desvanecer aquella imagen de su mente al ver que Nick volvía y lo siguió.

–Encenderé la chimenea del salón.

–No es...

–Necesario, sí, lo sé.

Aquello no disuadió a Nick. Lilly se preguntó temblorosa si había algo capaz de disuadirlo. Nick la hizo recostarse cómodamente en el sofá y le levantó las piernas tapándola con una manta de algodón. Luego añadió leña y encendió la chimenea. Ella lo observó tan hipnotizada como en aquella ocasión, dos meses atrás.

Su cuerpo, ancho y duro como los picos de las montañas que rodeaban el pueblo, apenas cabía en la camiseta de algodón azul marino. Los vaqueros, del mismo color, ceñían sus piernas y se ajustaban a la delgadez de los huesos de sus caderas.

Lilly echó atrás la cabeza. Sabía muy bien que bajo

21

los vaqueros aquel cuerpo era tan sólido y capaz como parecía.

¿Pero cuánto iba a costarla aquel único error?, se preguntó una vez más. Si hubiera sabido por un instante que su futuro iba a ligarse al de aquel poderoso hombre nunca hubiera asistido a la boda de Kurt y Jessie.

Nick apoyó las manos sobre sus muslos y se puso en pie. Se sentía atraída hacia él, esa era la razón de su rendición. Deseaba ardientemente que no fuera así. Él se acercó y le recogió el pelo detrás de la oreja. Era un gesto sencillo, delicado, íntimo. El corazón de Lilly dio un vuelco.

—¿Quieres llamar a Beth?

—¡Oh, no! —exclamó Lilly recordando que ni siquiera le había dicho a su hermana que no había nadie en la tienda.

—Te traeré el teléfono inalámbrico.

Así lo hizo. Sin embargo Nick no le concedió ninguna intimidad. En lugar de ello se quedó junto a la chimenea, con un brazo apoyado sobre la repisa, escuchando la explicación que Lilly le daba a su hermana de dónde estaba y de porqué no iba a ir a trabajar al día siguiente.

—¿Es que se niega a casarse contigo? —exigió saber Beth tras asegurarse de que su hermana estaba bien—. Si es así iré para allá ahora mismo y le diré lo que pienso.

—No —replicó Lilly apartando la vista de él.

—¿Entonces, eso quiere decir que te ha pedido que te cases con él? Te dije que lo haría en cuanto supiera lo del bebé. ¡Oh, Lil, es fabuloso! ¡Sencillamente fabuloso! —Lilly no estaba de acuerdo—. ¿Y cuándo será la boda? ¿Me permites que sea tu dama de honor? ¿Puedo contárselo a papá y mamá? Ellos preferirán que se lo cuentes tú, pero como vas a quedarte en casa de Nick una temporada yo... Naturalmente me encargaré de las flores para tu boda. ¿Qué te parecen unos tulipanes rojos para el ramo de la novia?

—¿Tulipanes rojos?

–Sí, rojos, ya sabes... como declaración de amor –Lilly sintió un vuelco en el corazón. Pero Beth continuó–: ¿Habéis fijado ya la fecha? ¿Se te ha ocurrido pensar en cómo vamos a pasar las vacaciones? ¡Oh, Lilly, es todo tan excitante!

Lilly respiró hondo. Su mirada vagó una vez más hacia Nick en contra de su voluntad. Él la observaba atentamente, tan atentamente como cuando se inclinó sobre ella, en la cama...

Lilly estuvo a punto de dejar caer el teléfono.

Pero Nick reaccionó de inmediato atravesando la habitación y recogiendo el auricular por ella. Luego le explicó a Beth que su hermana necesitaba descansar, le prometió que estarían en contacto y colgó.

–¿Te ha molestado?

Lilly sacudió la cabeza, pero Nick frunció el ceño agachándose a su lado y poniendo una mano sobre su frente. El contraste entre ambos, él fuerte y con manos duras de trabajador, y ella mucho más pequeña, la hizo temblar.

Nick hizo una pausa y capturó su mirada.

–Lo siento. Descubrir que estabas embarazada... que ibas a tener a nuestro hijo... hubiera debido de tratarte con más cuidado –dijo en voz baja, enredando los dedos en los mechones de su cabello para apartárselos de la cara.

–¿Que lo sientes? –inquirió ella asombrada.

–Siento haberte hecho enfadar.

Lilly se puso tensa. Por un momento pensó, esperó, rogó por que él accediera a llegar a un compromiso intermedio. Pero las palabras «compromiso» y «Nick» no podían encajar en la misma frase.

–Si algo te pasara a ti o a nuestro bebé... –continuó Nick dejando que su voz se debilitara y comenzando a jurar en voz baja–... Nunca me lo perdonaría.

Aquellas palabras honestas, apasionadas, roncas y llenas de remordimientos, debilitaron aún más a una Lilly que trataba de reunir coraje y ser fuerte para resistirse.

Así era como había comenzado todo con él, y ella

23

lo sabía. Recordaba exactamente lo que había ocurrido aquella noche. Nick no le había ocultado nada, le había contado cada una de sus reacciones ante ella, había compartido con ella un montón de sentimientos que Aaron siempre se había negado a confesar.

Y, a cambio, había exigido de ella lo mismo, no le había permitido ocultarle nada. La había animado a dejarse llevar, y aquella cálida exigencia la había hecho comportarse de un modo que nunca hubiera imaginado posible.

De nuevo Nick estaba haciendo lo mismo, estaba exponiendo sus emociones y desarmándola al mismo tiempo. Y obtenía resultados. A pesar de no reconocerlo Lilly respondía con calidez y feminidad.

–No quiero presionarte, Lilly –continuó él en el mismo tono de sinceridad que hacía imposible cualquier pensamiento racional–, pero me gustaría que nos casáramos en un par de semanas. Quiero que vivas bajo mi techo, donde pueda protegerte y cuidarte, donde pueda asegurarme de que tienes todo lo que necesitas. Sé que tú no quieres, pero es lo mejor para nuestro hijo. Y creo que tú lo sabes.

Nick tenía razón. No podía hacerle a su hijo lo que le habían hecho a Nick. A pesar de que él no le hubiera contado demasiadas cosas sobre su pasado Lilly había percibido el dolor en su voz al hablar sobre ello, sobre el hecho de ser un niño no deseado.

Y Lilly no podía hacerle eso a su hijo.

No sabía lo que había ocurrido entre Nick y Marcy, pero la forma en que él había apretado los labios al repetirle ella el rumor que corría por el pueblo de que la había echado era una prueba de que era falso.

Él amaría siempre a su hijo, aunque no la amara a ella. Y tenía derecho a ser su padre. Nick tomó sus manos entre las de él como expresando que de ella dependía su vida. Sus miradas se encontraron. Ambos la sostuvieron, pero ella no pudo pensar.

–Lilly –continuó él con voz ronca–, esta vez te lo pido, por el bien de todos: ¿quieres casarte conmigo?

Capítulo Tres

Nick trató de no apretarle demasiado las manos mientras esperaba una respuesta. Para él nunca había existido nada tan importante como ese momento.

Si ella forzaba las cosas la llevaría a los tribunales tal y como le había prometido. Pero no era eso lo que deseaba para su hijo: quería proporcionarle una familia completa.

Y deseaba tener a Lilly por esposa.

El horror que había sentido al verla desmayarse lo había paralizado. Había sentido como si sus movimientos fueran a cámara lenta, como si unos dedos helados arañaran su espalda y él no fuera capaz de moverse con la suficiente rapidez. Como si no fuera capaz de salvarla, de salvar a su hijo...

Ya había perdido a una hija. Y se derrumbaría si perdía a otra. Y eso significaba que tenía que cuidar de Lilly.

Nick había comprendido que la fortaleza que Lilly proyectaba no escondía detrás sino vulnerabilidad. Fuera consciente o no, Lilly necesitaba de alguien que la cuidara. Necesitaba de alguien que ahuyentara sus fantasmas.

Lo necesitaba a él... de eso estaba tan seguro como de que él la deseaba.

Nunca en sus casi treinta años de vida había conocido a una mujer tan cabezota y enervante. El hecho de que ella lo atrajera tan intensamente, embotando cada uno de sus sentidos, solo contribuía a que el efecto que Lilly le producía resultase aún más irritante. Nick era demasiado consciente de su presencia física. Su feminidad y su aire tentador resultaban una combinación demasiado intrigante como para ignorarla.

Nick la maldijo en silencio.

—Di que sí, Lilly —la urgió mientras su paciencia se iba evaporando.

—Yo...

Nick esperó.

—Tienes razón —dijo ella al fin suspirando—. Pero solo porque es lo mejor para nuestro hijo... —el corazón de Nick dio un vuelco—. Sí, Nick, me casaré contigo.

—Pronto —añadió él apretándole las manos.

—Nick...

—Algún día nuestro hijo hará cálculos y averiguará cuánto tiempo llevamos casados.

—No te rindes, ¿verdad?

—No cuando se trata de algo importante —Lilly cerró los ojos y levantó la barbilla como tratando de recuperar las fuerzas—. Esto es importante, Lilly. Tú eres importante —ella lo miró—. Conseguiremos que funcione —prometió él.

De algún modo. No sería un verdadero matrimonio, no comenzaría como su primera unión con Marcy, durante la cual todo había ido bien hasta que ella había decidido darle unas cuantas lecciones sobre el engaño y el dolor.

Nick sabía que Lilly no iba a ser más sincera u honesta de lo que lo había sido su primera mujer, pero al menos en aquella ocasión él no se comportaría como un estúpido. Aquel compromiso no tenía nada que ver con el amor, era una cuestión de responsabilidad. Sencillamente era un contrato en beneficio de su hijo. Nick no quería olvidar nunca ese punto, por muy tentadora que le resultara su segunda mujer.

Lilly contuvo un bostezo y Nick se sintió culpable. Se suponía que tenía que cuidar de ella.

—Necesitas descansar.

—Me encuentro bien, de verdad.

—Pues yo no —confesó Nick soltándola y caminando hasta la ventana para volverse entonces hacia ella—. Me has asustado terriblemente.

—Sí —susurró Lilly—. Yo también me he asustado.

En algún lugar de sus profundidades, en un terreno de su corazón que se había imaginado a salvo, Nick sintió que se agitaba.

–¿Me contarás todo lo que te diga el médico sobre el embarazo?

Nick quería compartir cada detalle, conocer cada uno de los aspectos de la nueva vida que crecía dentro de ella. Marcy le había negado ese derecho. No había querido que él estuviera presente durante el parto. Y por supuesto al fin sabía por qué. Aquel derecho no le pertenecía, le pertenecía a otro hombre.

Pero con ese hijo disponía de una segunda oportunidad para ser padre. Nick Andrews podía ser muchas cosas, pero no era un estúpido. Había aprendido a no desperdiciar ninguna oportunidad.

Precisamente había sido una segunda oportunidad lo que había cambiado su vida, salvándolo de una destrucción segura. Nick tenía diecisiete años y había cometido el error de quedarse en casa cuando el último amante de su madre, desnudo y pendenciero, había salido a tientas del dormitorio a media noche estirándose y exigiendo saber qué hacía Nick allí.

La madre de Nick ni siquiera había intentado detenerlo cuando lo vio marcharse conteniendo las lágrimas.

Furioso con ella, con su amante y con el mundo entero, Nick había conducido sin rumbo fijo hasta acabar en casa de Kurt Majors.

Ray y Alice Majors, fieles a su reputación de personas generosas y preocupadas por los demás, le habían abierto la puerta de su casa y de su corazón.

Habían cuidado de Nick, le habían proporcionado un lugar en el que quedarse, le habían enseñado lo que significaba el respeto, el amor y la amistad. Y le habían enseñado a trabajar en un rancho, obligándolo a compartir una parte de los trabajos y tareas exactamente igual que a Shane Masters, otro de los amigos de Kurt. Por primera vez Nick sintió como si perteneciera a un lugar. Pero sobre todo los Majors habían insistido en que terminara el bachiller, a pesar de su falta de interés.

Aquel mes de mayo, en su ceremonia de graduación, la madre de Nick no se había sentado entre los asistentes. La madre de Kurt, en cambio, sí. Y se había alegrado por él.

Tenía de pronto una segunda oportunidad de ser padre. Habría sido un estúpido si la hubiera echado a perder.

—En serio, Nick, te prometo que no te ocultaré nada sobre nuestro bebé.

—Entonces, por el momento, todo es perfecto —afirmó él con un gesto de la mano a modo de agradecimiento.

Nick se volvió para contemplar la sonrisa de Lilly, una sonrisa femenina y serena que le llegó al alma. Nunca había visto tal felicidad expuesta y al desnudo.

—Nuestro hijo llegará para Navidad. El médico ha dicho que los bebés se toman su tiempo.

Nick sonrió. Las perspectivas no podían ser mejores. Tendría una mujer, un hijo, un árbol de Navidad, regalos bien envueltos para los dos colgados de las ramas del abeto...

Tendría la oportunidad de formar parte de la vida de su hijo desde los comienzos. Estaría presente durante el parto, y recibiría el mejor regalo de su vida.

Era perfecto. Sencillamente perfecto.

—Ya oíste al doctor Johnson, no tengo que volver a la consulta hasta dentro de un par de semanas.

—Quiero ir contigo.

—Ya me lo figuraba —contestó ella sin dejar de sonreír.

Nick se apuntó el tanto de aquella nueva rendición de Lilly y se dio cuenta de que era cierto. Ella no deseaba apartarlo de su hijo, a pesar de que el matrimonio se celebrara en contra de su voluntad.

No pudo reprimirse. Tuvo que devolverle la sonrisa. Nick comprendió entonces que conseguía muchas más cosas de Lilly cuando se lo tomaba con calma, cuando no se ponía terco e insistía en llevarse el gato al agua. Era igual que con las potras del rancho. Aquella era una buena lección que aprender, una lección que más valía que no olvidara.

Pero no era fácil mantener la paciencia. A pesar de todo lo intentaría, por el bien de su familia.

–He comprado un libro sobre nombres para bebés –admitió Lilly.

–¿Y?

–Me preguntaba si tendrías alguna preferencia.

–Ponle el nombre que quieras, a mí me parecerá bien –contestó Nick pensando en que lo importante era que compartiera con él el apellido.

–¿Qué? –preguntó Lilly boquiabierta y atónita.

Le gustaba cuando Lilly se comportaba de ese modo. Sus ojos verdes se habían iluminado perdiendo unas cuantas de sus sombras. Apenas oponía resistencia, y había logrado vencer al mismo tiempo las de él. Aquella era la mujer a la que él había sostenido en sus brazos, la mujer que había estrechado muy cerca de él.

–No todo tiene que ser como yo quiera –explicó Nick, añadiendo después–: solo casi todo.

La sonrisa de Lilly se amplió, y Nick sintió que le hervía la sangre. Aquello le hizo recapacitar sobre lo distinto que habría podido ser todo de no haber ella huido aquella mañana, de no haber mantenido oculto ese importante secreto, de no haber despreciado Lilly la idea de convertirse en su mujer.

Lilly reprimió un segundo bostezo.

–Te estoy impidiendo dormir.

–¿Dónde voy a dormir? –preguntó Lilly bajando la vista al suelo.

–¿Dónde quieres dormir?

–¿Tienes... habitación de invitados? –se apresuró ella a preguntar soltando el aire contenido.

¿Qué otra cosa hubiera podido esperar? Habían compartido la cama en una ocasión, pero era evidente que Lilly no tenía prisas por hacerlo una segunda vez.

Nick trató de asegurarse a sí mismo que no tenía importancia. Sin embargo su cuerpo mandó otro mensaje, uno tan difícil de ignorar como la fragancia femenina de Lilly.

–Sí, tengo habitación de invitados.

Lilly permaneció en silencio y los segundos fueron pasando.

A pesar de saber que después lo lamentaría Nick se rindió a la exigencia que bullía profundamente en su interior. Cruzó la habitación, se dejó caer de rodillas al lado de Lilly y la tomó de las manos.

Sus miradas se encontraron y por un momento Nick miró más allá de la distancia y de la falta de sinceridad, penetrando en aquella noche en la que habían confiado el uno en el otro por completo. Y se enterneció. Después de retirarle el pelo de la cara a Lilly dijo:

–Te la enseñaré, está arriba.

–Recuerdo el camino.

Nick se puso en pie y tiró de ella hasta que sus cuerpos casi se tocaron. Lilly comenzó a respirar a ritmo acelerado. Y lo mismo le ocurrió a Nick. Él hubiera preferido ser inmune, pero no lo era.

En lugar de soltarla por completo Nick puso una mano sobre su espalda, al final de la columna vertebral, mientras la conducía escaleras arriba. Ella no se apartó. Aquella fue otra pequeña victoria.

Al llegar al descansillo de la escalera ella agarró el picaporte de la puerta que tenía más cerca.

–¿Es esta habitación?

–No –respondió Nick poniendo una mano sobre la de ella antes de que tuviera tiempo de abrir la puerta.

–Creía que esa era la tuya –añadió Lilly mirando por encima del hombro.

–Lo es.

–¿Y entonces?

–Tu habitación es la que está junto a la mía.

–¿Y qué tiene esta de malo? –preguntó Lilly frunciendo el ceño.

–Es privada –respondió él tensando los dedos instintivamente sobre la mano de ella.

Tan privada que ni siquiera él había entrado en el

plazo de tres años. La puerta de la habitación de Shanna había permanecido cerrada, y Nick había prohibido a todo el mundo que entrara, incluida la asistenta.

–Ni siquiera tiene cama –añadió.

–Pero entonces...

–Déjalo, Lilly –insistió Nick. Sabía que se estaba comportando de un modo irracional, pero eso no cambiaba en nada las cosas–. Tu dormitorio es el de allí.

Lilly asintió, pero antes de entrar en su habitación volvió la vista hacia Nick.

Sus miradas se encontraron. Entonces, sin decir palabra, Lilly entró y cerró la puerta.

Nick se volvió y pensó en bajar de nuevo las escaleras. No estaba muy seguro de cómo podía derrochar la energía que se revolvía en su interior.

Hizo una pausa delante de la puerta de Shanna y deslizó los dedos por el picaporte. Un frío ardiente le quemó la palma de la mano.

Nick bajó las escaleras con la mandíbula apretada. Sus botas resonaron con un eco lejano y solitario.

Lilly se acercó a la ventana y se quedó mirando la inmensa pradera en lo alto de la montaña. Una vaca mugió en la distancia y unos cuantos árboles llegaban casi hasta el cielo. Por todas partes había espacios abiertos, ningún lugar al que huir, ningún lugar en el que esconderse.

Lilly se cruzó de brazos.

La casa clamaba con su silencio, todo lo contrario de lo que le había parecido aquella noche. Aquel día su espacio se había llenado de besos callados y suspiros satisfechos.

Sin embargo en ese momento el aire parecía espeso y cargado de tensión. ¿Qué le había ocurrido a Nick al verla a punto de entrar en la habitación equivocada?

Abajo, al abrazarla, ella lo había mirado a los ojos y

había visto en ellos una esperanza. Pero en un instante todo eso había cambiado. A pesar del ardiente sol, que se colaba por la ventana, Lilly se echó a temblar.

No tenía otra elección más que casarse con él, compartir la vida con él. Pero eso iba a significar un importante coste para ella. Casarse con él era lo correcto, eso lo sabía. Era lo único que podía hacer.

¿Por qué entonces hacer lo correcto le daba tanto miedo?

Lilly vio a Nick caminar a grandes pasos hacia el establo y luego lo perdió de vista. Trató de descansar, pero ni siquiera consiguió permanecer sentada... no cuando todo su mundo se había derrumbado obligándola a cuestionarse si alguna vez volvería a ser la misma.

El silencio la oprimía. No podía permanecer en la habitación ni un minuto más. Decidió tomar algo de beber y salió en busca de la cocina, pero al pasar se detuvo delante de la puerta de la habitación que Nick había establecido fuera de los límites de lo permitido.

No debía de invadir su intimidad. Pero si iba a ser su mujer, si iba a compartir la vida y la casa con él...

Lilly se encogió de hombros, bajó las escaleras y llenó un vaso de agua. Dio grandes sorbos y comprobó que le temblaba la mano.

Caminó de un lado a otro por la habitación y se preguntó cuándo volvería Nick y qué secretos guardaría tras la puerta de aquella habitación.

Cinco minutos más tarde cedió a aquella lucha infernal. Subió las escaleras, giró el picaporte de la puerta que Nick le había prohibido abrir y...

El corazón de Lilly tamborileó.

Los goznes de la puerta chirriaron antes de que pudiera terminar de abrirla. Y de pronto sus pulmones parecieron quedarse sin aire.

Había una cuna en una pared con una manta doblada y colgada de uno de sus bordes de madera, como si estuviera esperando a que un diminuto cuerpo se acurrucara bajo ella. Una tortuga rosa y

32

mullida descansaba sobre la almohada, y un móvil danzaba colgado del techo con figuritas de cartón.

Lilly se vio arrastrada dentro de la habitación a su pesar. La mullida alfombra amortiguaba sus pisadas.

Había una mecedora en el centro del dormitorio, cerca de una mesa sobre la que se veía, abandonado, un chupete.

Lilly se llevó una mano al vientre y luego, alargando la otra, tomó el libro con bordes rotos y páginas amarillentas que había sobre la mesa. *Cómo ser un buen padre*, ese era el título.

Las lágrimas se agolparon en sus ojos.

En ese instante supo...

Nick había dicho que ella no sabía nada de su matrimonio, que no sabía nada de su relación con Shanna.

Y era cierto.

Todos los rumores habían sido infundados... se había equivocado.

Nick adoraba a su hija: nunca hubiera echado a patadas de casa a su esposa y a su hija. Y estaba totalmente decidido a formar parte de la vida de su nuevo hijo. Merecía aquella oportunidad.

–Se me había olvidado que había comprado eso –comentó él de pronto.

Lilly se sobresaltó, el libro se le cayó de las manos. Se volvió hacia él con un sentimiento de culpabilidad y su falda revoloteó alrededor de sus tobillos.

Nick estaba de pie en el dintel de la puerta, llenando todo el hueco, con un hombro apoyado sobre la jamba. Tenía colgado del dedo índice el sombrero fresa de cowboy, y llevaba la camisa sudada.

–Nick, yo... –la voz de Lilly se desvaneció. Presionó la mano con fuerza contra su vientre y lo observó sacudir la cabeza–. Lo siento –se disculpó ruborizada.

–Tenías derecho –alegó Nick–. Esta va a ser tu casa también. Supongo que era inevitable que entraras aquí –duras líneas se trazaban en su rostro, pero Lilly solo pudo ver la resignación en la profundidad insondable de sus ojos azules–. No había entrado aquí desde hacía tres años –añadió Nick empujando la puerta y acercándose a ella. Luego se detuvo a escasa distancia, dejó el Stetson sobre la mesa y recogió el libro del suelo frunciendo el ceño–. *Cómo ser un buen padre.*

–No tuviste oportunidad.

–No.

Lilly alargó una mano y lo agarró de la muñeca. Él levantó la cabeza y su mirada ardió dentro de ella. Lilly sintió su calor, su fuerza, la diferencia en el tamaño de sus cuerpos.

–¿Por qué no acallaste los rumores? –Nick no contestó. Lilly observó una vena temblar en su sien–. Eran erróneos, ¿no es así? –insistió ella–. No echaste a Marcy de tu casa.

–Sí, lo hice –la corrigió él. Lilly retiró la mano. De nuevo volvía a ver la mirada helada de sus ojos azules–. Hice su maleta y se la bajé abajo. Los rumores eran ciertos, Lilly –ella tragó. La voz de Nick sonaba helada–. No te engañes. Y luché contra ella ante los tribunales hasta el final, además. Luché por la custodia de la niña. Acabé gastando más dinero en el abogado de lo que le di a ella. Casi me arruino –Nick no había dejado de mirarla. Lilly podía ver el dolor en sus ojos–. Y volvería a hacerlo otra vez.

–Pero hay más –dijo ella desafiando su mirada.

–¿Lo hay? –inquirió Nick con el libro aún en las manos, en un gesto más expresivo que todas sus palabras.

–Tú querías a Shanna –continuó Lilly.

–La adoraba. Ha sido la única vez en mi vida que he querido a alguien incondicionalmente.

¿La única vez? A pesar de que las cosas le hubieran ido terriblemente mal con Aaron Lilly había crecido arropada por el amor de una familia.

–Entonces... nunca hubieras arrojado a Marcy y a Shanna de aquí sin tener una buena razón.

–¿Estás segura, Lilly?

Lilly lo había visto luchar, lo había visto preocupado por ella. Y no iba a dejarse engañar: sabía lo preocupado que estaba por la salud de su hijo. Pero también lo había estado por Shanna.

–Sí.

–¿Será, quizá, por el hecho de que Marcy tuvo un amante? –Lilly sintió náuseas–. Una noche no vino a casa. Le dije que se marchara, que el matrimonio significaba honestidad y sinceridad, que no se podía ir por ahí mintiéndose el uno al otro y engañándose. Entonces se derrumbó y se echó a llorar, contándome que estaba embarazada.

Y, por supuesto, Nick volvió a admitirla en su casa. Su código moral nunca le hubiera permitido rechazarla en esas condiciones.

–¿Y...?

–Todo fue bien, hasta que apareció David Sampson. Quería que le devolviera a su novia y a su bebé –Lilly se quedó sin aliento–. Sí, Shanna no era hija mía.

–¿Ella te mintió? –inquirió Lilly en un susurro.

Nick asintió.

–¿Y quieres saber lo peor? –el vacío de aquellas palabras pronunciadas en voz baja le retorció el corazón a Lilly–. Le dije a Marcy que no me importaba. Le dije que lo guardaría en secreto. Nunca nadie se hubiera enterado de que era una adúltera. Se lo habría perdonado todo con tal de que no me separara de mi bebé. Nadie hubiera sabido nunca que Shanna no era carne de mi carne ni sangre de mi sangre. Eso ni siquiera me importaba –hizo una pausa–. La quería como si fuera mía, eso era lo único importante. Le rogué, Lilly. Le rogué que no me destruyera y que no desgarrara a mi familia. Le rogué que dejara a Shanna creer que yo era su padre, que le diera la oportunidad de tener una familia completa.

–Como la que nunca tuviste tú.

–Como la que nunca tuve yo.

La compasión por Nick inundó el corazón de Lilly. Marcy lo había traicionado, le había robado sus ideales, sus emociones y el amor que sentía por su niña y lo había pisoteado. Y al ver que ella había mantenido en secreto su embarazo había creído que no era mejor que Marcy. Su matrimonio no iba a contar ni siquiera con una oportunidad. Lilly no iba a contar siquiera con una oportunidad.

–Cuando se echó a reír en mi cara negándose a acceder a mis ruegos y diciéndome que estaba enamorada de David, que lo único que quería era estar con él y que nunca volvería a ver a Shanna... la eché de casa –continuó Nick–. Tal y como se dice por ahí.

–Pero esa es solo una parte de la historia, Nick.

–¿Lo es, Lilly? ¿Lo es?

–Tenías derecho a actuar como lo hiciste. No arrojaste a una mujer inocente con un niño a la calle. Nadie puede culparte por haber hecho lo que hiciste.

Sin embargo la crudeza de la mirada de Nick le confirmaba que él mismo se culpaba por lo ocurrido mil veces más de lo que lo hiciera nadie.

–Me pregunto... qué hubiera podido hacer. ¿Habría debido de trabajar menos horas, incluso aunque no hubiera comprado las tierras y las vacas para pacer en ellas? ¿Hubiera debido de interrogarla cuando me decía que iba a tomarse un capuchino con sus amigas? ¿Hubiera debido de exigirle que estuviera en casa a una hora determinada, para que se viniera a la cama conmigo?

–Hiciste todo lo que pudiste, no te culpes a ti mismo.

Nick hizo una mueca con los labios. Lilly sabía lo fácil que era culparse a sí mismo en lugar de ver dónde residía la responsabilidad de cada cual. Pero quizá... quizá juntos pudieran aprender y cicatrizar sus heridas.

–Amaré a nuestro hijo con todo mi corazón y con toda mi alma –juró Nick alargando los brazos para estrecharla.

–Lo sé.

Nick movió lentamente una mano. Sus nudillos se deslizaron por la nuca de Lilly, se curvaron en su mejilla, rozaron su oreja. Entonces él abrió la mano y acunó su cabeza.

–Como esposa mía tendrás mi protección.

Lilly no supo si aquella promesa le satisfacía o asustaba. Los dedos de Nick se enredaron en sus cabellos. Sabía que debía resistirse, apartarse. Y sin embargo no podía. Nick le hizo entonces una promesa al oído, igual que se la había hecho la noche de la boda de Kurt y Jessie.

–No me hagas esto, Nick –rogó ella cerrando sin embargo los ojos y gozando del poder de las caricias de él.

Nick acarició su nuca tratando de apaciguar la tensión y las preocupaciones que la embargaban.

–¿Que no te haga qué? ¿Esto?

Nick ahondó la presión que ejercía sobre ella, y Lilly dejó caer su cabeza hacia adelante. Incluso con los ojos cerrados Nick conseguía abrumar sus sentidos. Su fragancia era potente, a hombre, a deseo.

–¿O así? –volvió él a inquirir.

Entonces Nick comenzó a hacer magia con las dos manos, consiguiendo que relajara la tensión de sus hombros mientras Lilly, ausente, se preguntaba si estaría acabando también con su sentido común.

Lilly apoyó la frente sobre él y sacó una mano para agarrarse a su camiseta y mantener el equilibrio. Y sintió la dureza de su pecho bajo ella. Entonces se quedó helada.

Estaba cerca, muy cerca de volver a rendirse ante él una vez más.

–¿O quizá así? –preguntó él deslizando una mano por su espalda hacia abajo.

Lilly se apartó de él y enlazó las manos tratando de resistirse a la tentación.

Para ella Nick era más peligroso que la corriente de un río, que podía arrastrarla retirando la tierra sobre la que se apoyaban sus pies.

Nunca ningún hombre le había provocado un efecto tan fuerte, comprendió tratando de llenar los pulmones de aire. Nick le hacía olvidarlo todo: el hecho de que no confiara en ella, el que pensara que no era mejor que Marcy, el que no la quisiera, el que solo deseara tener a su hijo y no a ella.

Pero Lilly no volvería a atreverse a olvidar.

Nick la consumía.

Iba a besarla.

Lilly corrió hacia el santuario de su dormitorio tratando de salvarse, cerrando la puerta de golpe y echando el pestillo.

Luego se reclinó sobre la puerta y sacudió la cabeza.

Había estado en lo cierto. Nunca hubiera debido de entrar en aquella habitación prohibida, nunca hubiera debido de dejarse invadir por la simpatía y la compasión por él, permitiendo que esos sentimientos acabaran con su sentido común.

Nick tenía el poder de gobernar su vida, y estaba dispuesto a utilizarlo. Eso lo había dejado bien claro.

Lilly alargó un brazo y se alisó el cabello, notando que aún le temblaba la mano. La fragancia de Nick aún permanecía sobre sus ropas. ¿Acaso había intentado marcarla como posesión suya?, se preguntó desesperada.

Escuchó sus pisadas en el pasillo, altas y sonoras.

Y de pronto el silencio reinó en la casa.

Lilly dejó caer la cabeza hacia adelante. Nick se había parado delante de su puerta. Al correr a su habitación había respirado aliviada, pero aquello no iba a durar mucho.

Entonces escuchó golpes en su puerta y se sobresaltó.

Pero no contestó, como una cobarde.

—Cuando estemos casados ninguna puerta cerrada se interpondrá entre tú y yo.

Lilly se echó a temblar, pero no a causa de aquella amenaza. En realidad lo que la asustó fue el hecho de comprender que, en parte, ella tampoco deseaba que ninguna puerta se interpusiera entre los dos...

Capítulo Cuatro

Nick se dirigió a la cocina buscando una salida por la que dejar escapar la energía que ardía en su interior.

Su vida había estado en perfecto orden hasta el día anterior. La traición de Marcy y la pérdida de Shanna eran hechos perfectamente olvidados, encerrados en su mente bajo una llave arrojada a alguna parte. Aquel día, sin embargo, todos sus recuerdos habían sido desenterrados y expuestos a la luz. Y todo a causa de su futura esposa.

Nick sacó una lata de cerveza de la nevera.

Su futura esposa.

Si se salía con la suya estarían casados en menos de dos semanas. No estaba mal para un hombre que se había jurado a sí mismo no volver a llevar nunca más el anillo de la traición en el dedo.

Nick abrió la lata con una sonrisa de satisfacción.

Aunque el amor no fuera una opción su intención era, en todo lo demás, casarse y vivir como una pareja real. Lo compartiría todo con Lilly: la casa, la vida, la cama...

Nick siempre cuidaba de sus cosas, y especialmente de su familia. Las necesidades de Lilly eran secundarias.

Nick bebió un largo sorbo de la lata.

¿A quién diablos creía que estaba engañando?

Por supuesto que le importaba lo que Lilly quisiera, le importaba y mucho. Ella iba a ser la madre de su hijo. A pesar de todas sus amenazas Nick sabía que ella tenía poder.

Y no obstante estaba aprendiendo a derribar todas sus defensas: con palabras y caricias tiernas. Había descubierto que cuando bailaban, cuando hablaban, cuando hacían el amor...

Lilly era una mujer maravillosa, una mujer que se dejaba llevar más por el corazón que por la cabeza. Y tras Marcy aquel cambio era bienvenido.

El hecho de recordar a Marcy le hizo volver a ponerse de mal humor. Aquellas dos mujeres no tenían nada que ver. Eso lo sabía, pero a pesar de todo no podía evitar ponerse furioso cuando recordaba que Lilly no había tenido la menor intención de contarle que estaba embarazada. Y a pesar de haberse negado toda emoción relacionada con una mujer su corazón se había parado al verla desmayarse.

Nick arrugó la lata con una mano.

Ella le importaba. No la amaba, no era capaz de amarla, pero sí le importaba.

Lilly estaba haciéndose con su corazón.

En menos de un par de horas había puesto a prueba su resolución y resistencia física, haciéndole pasar hambre de ella. Y emocionalmente lo había llevado hasta el límite. Había tanteado su pasado, había invadido la habitación de Shanna contra sus deseos, había hecho preguntas a propósito de Marcy.

Y después había tenido el coraje de cerrarle la puerta en las narices.

Lilly tenía agallas.

Y Nick había hablado muy en serio al decirle que no iba a permitir barreras entre los dos una vez que estuvieran casados. Se sentía tan atraído hacia ella como se había sentido dos meses atrás. Ella tensaba algo en su interior, y en parte Nick se daba cuenta de que deseaba algo más que simplemente formar parte de la vida de su hijo.

Y a pesar de negarse a volver a amar a ninguna mujer Nick pretendía vivir con Lilly como marido y mujer en todos los sentidos.

Su futuro sería cualquier cosa menos aburrido, de eso estaba seguro. Y debía de ser buena señal que no le preocupara el aburrimiento.

Nick trató de dominar sus emociones y sus hormonas y sacó dos filetes del refrigerador. Después salió a terminar sus tareas.

Aquella mañana había salido apresuradamente del rancho, sin terminar el trabajo. Sacarle la verdad a Lilly le había parecido más importante que cualquier otra cosa, de modo que se había olvidado de todo lo demás. Según parecía Lilly siempre le causaba ese efecto.

La puerta doble golpeó la jamba tras él. Necesitaba aliviarse en un sentido físico, y el ejercicio era lo mejor. Además permanecer apartado de Lilly y de su fragancia, que llenaba el aire, tampoco le iría mal.

Lilly estaba demasiado nerviosa como para almorzar, pero no podía estar encerrada en la habitación durante todo el día, a pesar de que su instinto se lo aconsejara. ¿Pero dónde había estado ese mismo instinto dos meses atrás? Si hubiera sido más fuerte nunca habría sucumbido al poder de Nick.

Pero entonces nunca hubiera conseguido que un bebé creciera en sus entrañas. El bebé que tanto había deseado, por el que tanto había rogado.

Sólo deseaba que hubiera algún modo de tener a aquel bebé sin estar atada al mismo tiempo a Nick.

Lilly lo escuchó moverse en la planta de abajo al tiempo que olía a filete a la plancha. Su estómago rugió. Hacía horas que no comía nada. Aunque prefiriera evitar a Nick necesitaba comer para mantener las fuerzas.

Decidida, se dirigió a la cocina. Era otra más de las habitaciones que no había visto. Al escuchar sus casi silenciosas pisadas Nick se volvió despacio. Verlo la sobrecogió.

Había olvidado lo guapo que era.

Cuando sonreía sus ojos se iluminaban llenos de felicidad, desvaneciendo las sombras de sus profundidades azules y haciéndolos brillar. Un pequeño hoyuelo dividía su mentón en dos, provocando deseos en Lilly de posar un dedo justo sobre él.

Nick se había aseado al volver del trabajo, y llevaba una camisa y unos vaqueros limpios. Olía a fresco y a limpio, y parecía muy accesible.

Entonces las campanas de advertencia comenzaron a resonar en la mente de Lilly. Aquella era la mejor parte de Nick, pero ella sabía que él tenía otras facetas.

—¿Qué tal te encuentras?

—Estoy bien —él alzó una mano y la posó sobre su frente—. De verdad.

—Aún estás pálida —insistió Nick mientras le rozaba la mejilla con el nudillo.

—Claro, no me has dado la oportunidad de recoger el maquillaje antes de hacer el numerito de las cavernas y arrastrarme hasta aquí.

—Veo que estás mejor —bromeó él.

Lilly se estaba derritiendo en su interior. Su contacto, su tono de voz...

En lugar de dejar caer la mano Nick posó el pulgar sobre el borde de sus labios.

Lilly luchó contra la tentación de volverse hacia la palma de su mano y dejarse acunar por ella.

Si no tenía cuidado podía incluso olvidar que él no era distinto de cualquier otro hombre, que había decidido qué era lo mejor para su vida sin darle siquiera la oportunidad de decir nada al respecto.

Había sucumbido a su proximidad sensual en una ocasión, pero no podía permitir que eso volviera a suceder. Solo deseaba que aquella decisión pudiera restablecer el curso normal de su pulso.

Lilly alzó una mano, lo agarró de la muñeca y trató de apartarlo, pero no obtuvo éxito. Agarrado así Nick acarició con un dedo el mentón de Lilly, trazando una línea por el cuello hasta llegar a su base, justo donde a Lilly le fallaba la respiración.

—Dime que no significó nada para ti —hipnotizada por las sombras que nublaban su mirada, Lilly solo pudo tragar—. Dime que solo fue una aventura de una noche, que nunca pensaste que tú y yo...

No podía resistirse cuando Nick hacía precisamente lo que ella había creído que haría. Lilly sintió la fricción de los ásperos dedos de Nick sobre el suéter, contempló su piel morena contrastando con el tono crema claro de la ropa y se estremeció al sentir su propio despertar.

–...dime que no te has preguntado ni una sola vez cómo habría podido ser si no hubieras huido. Dímelo, Lilly.

–No puedo... –contestó Lilly al fin, incapaz de hablar, de respirar, incluso de pensar...

–Ah, así que sí que te lo has preguntado. Igual que yo.

¿Nick se lo había preguntado? ¿Significaba eso que había pensado ella, que había sido para él algo más que una aventura de una sola noche? Lilly sabía que él deseaba conocer ciertas respuestas, como por ejemplo por qué había huido, pero se había convencido a sí misma de que no significaba nada para él excepto por el hecho de que llevaba a su hijo en las entrañas.

–Cuéntamelo –la animó Nick–. Dime qué preguntas te has hecho.

La palma de la mano de Nick continuó moviéndose hacia abajo, por el centro de su pecho. La mirada de Lilly permanecía clavada a él, cautivada por su fuerza, por el poder de su voluntad. Al ver que ella no contestaba Nick continuó:

–Yo me hice preguntas. Muchas. Esa mañana salí de la ducha listo para ti, a pesar de todo lo que intenté que no fuera así –la voz de Nick sonaba áspera, como si necesitara aclararse la garganta. Lilly dio un paso atrás, pero él la agarró con más fuerza–. Cerré el grifo del agua caliente, Lilly, porque quería resistirme cuando volviera contigo a la cama. Pero no funcionó. Hasta la toalla al secarme me recordaba la forma en que tú me habías acariciado, la forma en que te habías acercado a mí. ¿Hablabas en serio cuando me dijiste que nunca antes le habías hecho eso a ningún hombre?

Lilly deseó que la tierra se abriera y se la tragara. Aquella noche había hecho muchas cosas que nunca antes había probado. Permaneció en silencio, y Nick repitió:

—¿Hablabas en serio, Lilly?

—Sí —admitió al fin.

Nick continuó tocándola, y a pesar de todos sus reproches Lilly no lo paró. Cuando él abrazó sus pechos con las palmas de las manos, tanteando su peso, gimió.

Incapaz de resistirse, Lilly se agarró al cinturón de Nick para no dejarlo escapar. Era el mismo sentimiento que la había invadido aquella noche, dos meses atrás.

—Tus pechos se han hinchado —comentó Nick en un susurro inclinándose sobre su oído—. ¿No te lo parece? —ella no respondió. Pero él no iba a dejarla escapar—. ¿No te lo parece, Lilly?

—Sí —jadeó ella cuando él cerró la mano.

—¿Y qué me dices de tus pezones?

Lilly cerró los ojos. Trataba por todos los medios de ahogar su respuesta. La punta del dedo de Nick rozó su pezón. Necesidad, anhelo, cruda excitación la embargaron. Sus rodillas fallaron, pero él la sujetó.

—Nuestra noche de amor sí significó algo para ti, ¿verdad, Lilly?

—Sí.

—¿Y es por eso por lo que saliste corriendo?

Nick no había dejado de acariciarla. Lilly se hubiera puesto furiosa si hubiera sido capaz de pensar con claridad, pero la actitud de Nick le impedía pensar.

—¿Tenías miedo? —insistió él, deteniendo la mano un momento.

—Estaba aterrada.

—¿Por qué?

La confesión salió de labios de Lilly muy despacio:

—Tú me haces sentir cosas que nunca antes había sentido, me convences para que haga cosas que jamás soñé posibles. Me asustas.

—¿Era de mí de quien estabas asustada, o de ti misma? —volvió él a preguntar.

44

–De los dos –susurró ella.

–Deberías de habérmelo dicho.

–¿Me habrías escuchado?

–Sí, te habría escuchado.

–¿Te hubiera importado el hecho de que estuviera asustada, Nick? –preguntó Lilly luchando por recuperar el sentido común, recordándose a sí misma los sentimientos que Nick había despertado en ella, recordando las razones por las que había huido–. Me habrías dicho que podíamos resolverlo, que lo veríamos.

Nick la soltó poco a poco hasta que estuvieron muy cerca el uno del otro pero sin tocarse. Entonces ella se envolvió en sus propios brazos.

–Podríamos haberlo hecho –respondió él. Lilly supo entonces que había hecho bien al huir–. No me concediste ninguna oportunidad.

–Porque tú me habrías arrebatado la mía –Nick se pasó una mano por el oscuro cabello. El viento se lo había revuelto, tenía un aspecto salvaje e indomable–. No podía dejar que sucediera eso, Nick.

–No importa, ahora estamos juntos –Lilly sintió que se le agarrotaba el estómago–. ¿Tan terrible es? –preguntó Nick alargando una mano para retirarle un mechón de pelo de la cara.

Hasta los contactos más leves de Nick la hacían desear más. ¿Qué le ocurría cuando él estaba cerca? Ni siquiera su marido había obtenido de ella esas respuestas, a pesar de que hubo un momento en el que creyó estar enamorada.

–¿Lo es? –volvió a inquirir Nick con la mirada fija sobre ella, haciéndola prisionera.

–¿Te gustaría a ti si fuera al revés? –contraatacó ella.

–No es al revés.

–Eso no importa –protestó Lilly.

–Si tú me arrastraras hasta tu casa y me retuvieras en ella, diciéndome que íbamos a vivir juntos como marido y mujer... no me importaría.

–Estás retorciendo mis palabras.

–Sí –respondió Nick tenso.

Lilly frunció el ceño. Había visto muchos aspectos de la forma de ser de él: seductor, apasionado, enfadado, decidido. Pero aquella sonrisa, aquella forma de bromear después de haberse mostrado tan serio y sensual la sorprendía, la hacía darse cuenta de que no sabía nada de él.

Y sin embargo iban a pasar el resto de su vida juntos criando a su hijo. Solo de pensarlo se mareaba. Sería como vivir suspendida en una atracción de feria. Nick miró hacia la puerta.

–Creo que los filetes ya están listos. ¿Tienes hambre?

–Voraz. Es una sensación constante en mí.

–¿Es que vas a comerme?

–Fuiste tú quien insistió en que viniera aquí –respondió ella sonriendo después.

–Y no lo lamento. Los filetes ya deben de estar.

Mientras él servía los filetes ella rodeó la enorme cocina y sacó vasos. No tenía más elección que acostumbrarse a esa casa. Por alguna razón dudaba de que él la dejara volver a la suya después de que hubieran intercambiado sus promesas.

Sus cuerpos se rozaron accidentalmente más de una vez, y aquello le produjo a Lilly una cascada de sensaciones. No quería sentirse excitada por él, pero de todos modos no podía evitarlo. Lo estaba.

–¿Brindamos por nuestra futura boda aunque sea con agua helada? –preguntó Nick una vez que estuvieron sentados a la mesa–. Te ofrecería vino, pero no es bueno para el bebé.

Ni para ella, pensó Lilly. Quizá si no hubiera bebido unos sorbos de champán en la boda de Kurt y Jessie no estaría en ese momento escuchando a Nick proponer ningún brindis.

–¡Por nosotros! –dijo él levantando el vaso de agua y dirigiéndolo en dirección a Lilly–. ¡Por el feliz matrimonio, y por nuestro hijo!

Los ojos de Nick capturaron los de ella. Lilly no pudo apartar la vista.

Durante la cena Nick mantuvo una conversación intrascendente. Estuvo contándole a Lilly cosas sobre el rancho y sobre las vacas que cuidaba en los ciento veinte acres de terreno que poseía. Pero luego alcanzaron un nuevo punto álgido de tensión cuando él le dijo que planeaba contratar a alguien para ayudarlo en las tareas y así tener más tiempo para cuidar de ella y de su hijo.

—Eso no es necesario, Nick. En serio.

—He tomado una decisión.

—¿Tu decisión? ¿Y qué hay de mi decisión?

—¿Como por ejemplo? —inquirió él dando un golpe en el plato con el tenedor.

—Como por ejemplo el hecho de que voy a seguir trabajando después de que nazca el niño. Si lo necesitamos contrataremos a una niñera.

—No habrá niñeras, Lilly. Nuestro hijo tendrá un padre y una madre. Eso es todo lo que necesita.

—¡Otra vez! —protestó ella—. Ya estás haciendo planes con mi vida.

—Nuestras vidas —contraatacó Nick.

—Bien, nuestras vidas. Los dos tenemos derecho a tomar decisiones.

—No te enfades, no es bueno para ti —la calmó Nick alargando una mano para ponerla encima de la de ella.

Una corriente eléctrica atravesó el cuerpo de Lilly con aquel contacto. Ella retiró la mano y la dejó caer sobre el regazo.

—Para ti es fácil decirlo. Tú no te enfadas siempre y cuando se haga todo tal y como tú quieres.

—Lilly, soy capaz de llegar a una solución de compromiso.

—Entonces contrataremos a una niñera —lo desafió ella poniendo a prueba su mentira.

—¿Y por qué íbamos a necesitarla estando yo aquí?

—¿Vas a cuidar tú del niño mientras yo me voy a trabajar?

—¿Es que hay algo de malo en el hecho de que cumpla con mis obligaciones como padre?

La idea de Nick, un hombre fuerte y musculoso, abrazando a un diminuto bebé, cambiándole los pañales, dándole el biberón y consolándolo la hizo estremecerse.

Lilly trató de imaginarse el aspecto que tendría su hijo. ¿Tendría el pelo oscuro de Nick? ¿La miraría con ojos azules de idéntica intensidad? ¿O sacaría los ojos de ella y vería su reflejo cada vez que lo mirara?

La imagen que más la excitaba era la de Nick inclinándose sobre el bebé, pura inocencia. Él sería un padre excelente, de eso no tenía ninguna duda. Nick hacía a la perfección todas las cosas que se proponía. Y se había propuesto cuidarla a ella y al bebé.

—Lilly, ya te he dicho que no soy un ogro —todo habría sido más fácil si él lo hubiera sido, si Nick le hubiera desagradado—. Descansa mientras yo limpio esto.

—No quiero descansar.

—Son órdenes del médico.

—Son tus órdenes.

—Mi órdenes —accedió al fin él con una sonrisa tímida.

Lilly abrió la boca para protestar, pero luego la cerró pensando en que al menos, si se iba a otra habitación, lo perdería de vista. Y escapó. Se sentó en el enorme sofá de piel del salón, en aquel mueble que hablaba sobre la dominación masculina, y pensó en que hubiera deseado no tener que oírle tararear. Era extraño, los hombres nunca tarareaban. Pero tampoco solían fregar platos. Y desde luego menos aún tarareaban mientras fregaban platos.

Nick era irritante, frustrante, dictador, encantador...

Lilly enterró el rostro entre las manos.

Un minuto más tarde Nick la encontró haciendo el mismo gesto.

—Estoy bien —dijo ella tratando de desvanecer su preocupación.

O al menos eso fue lo que pensó. Nick se sentó frente a ella y le levantó los pies hasta que la tumbó. Después alcanzó una manta de lana y la tapó.

–¿Qué te parecería un buen fuego? –ofreció él.

–¿Es que no tienes ninguna tarea que hacer?

–Las hice mientras tú descansabas. Soy todo tuyo.

Por suerte Nick se alejó. Tomó un par de troncos de leña de la leñera y encendió una cerilla. El crepitar de la llama rompió el silencio.

Nick cruzó la habitación y se dirigió hacia el equipo de música para poner un CD. Una de las canciones que habían bailado en la boda de Kurt y Jessie resonó en el aire. Era una lenta balada de George Strait que llegaba directa al corazón.

Finalmente Lilly encontró el coraje suficiente como para mirar a Nick.

Él la miró sonriendo travieso.

–¿Bailamos?

–Sabes que no bailo bien.

–Eres una bailarina excelente –Lilly frunció el ceño–. Kurt me dijo en su boda que no sabía lo que me estaba perdiendo si no te invitaba a bailar.

Lilly despejó su expresión. Aaron le había dicho que no bailaba bien, y ella le había creído. Lilly no respondió.

–Oh, vamos, Lilly, ¿qué daño puede hacerte? A menos que no te encuentres bien, claro...

Pero Lilly sí sabía qué daño podía hacerle. Podía ponerle la excusa de que necesitaba descansar. Pero eso hubiera sido mentir. En realidad una parte secreta de ella, la parte más salvaje y que creía haber dominado, deseaba estar en brazos de Nick.

Nick alargó una mano. Estaba perdida.

Los dedos de él se cerraron con los de ella. Nick tiró de Lilly para ponerla en pie, y continuó haciéndolo luego hasta que no estuvieron más que a unos centímetros el uno del otro.

–Pon tus brazos alrededor de mi cuello.

Lilly obedeció, pero tuvo que ponerse de puntillas. En la ceremonia había llevado tacones, y la diferencia de altura entre los dos no la había intimidado. Sin embargo, en ese momento, no podía evitar darse cuenta de lo pequeña que era comparada con él.

—No te voy a morder —prometió Nick poniendo la palma de la mano sobre su espalda mientras la presionaba contra sí.

Al principio Lilly se mostró tensa. Lentamente, sin embargo, la dulzura del balanceo de Nick junto a la letra reconfortante de la canción fueron soltándola.

Los leños crepitaron en la chimenea. Lilly no supo si el calor que sentía provenía de ellos o de la forma en que la abrazaba Nick. Pero debía de provenir de él, sospechó. Una de las manos de Nick bajó por su espalda y Lilly contuvo el aliento.

Él la abrazaba posesivamente, alentándola a estrecharse aún más contra él.

¿Posesivamente?

Sí, lo hacía posesivamente, sin duda alguna. Pero Lilly se había jurado a sí misma que jamás volvería a ser la posesión de ningún hombre. Sin embargo, entre sus brazos, la magia podía suceder...

Lilly apoyó la cabeza sobre el pecho de Nick y se rindió.

—Podría estar así toda la noche —dijo él en voz baja.

Aquel hombre era un experto. Sabía reducirla cuando le convenía. Sabía estrecharla como debía, hablar en un tono de voz íntimo, moverse al unísono con ella, hacerla creer que ella también sabía bailar. Borraba de su mente toda idea de huir para reemplazarla por el deseo. Ya lo había hecho en una ocasión, exactamente del mismo modo.

Y Lilly sabía bien lo que debía de hacer. Pero no le importaba.

—Un penique por tus pensamientos.

—Bromeas.

—Está bien, subiré el precio. ¿Qué te parece una noche entera sin molestarte? —ofreció Nick.

—Vendido —respondió ella echando atrás la cabeza para mirarlo—. Estaba pensando en que no debería de estar haciendo esto contigo.

—¿En serio?

—Es peligroso.

—¿Por qué?

El mismo peligro del que ella estaba hablando hizo brillar los ojos de Nick. Alumbrados por el fuego de la chimenea parecían estar clavados a Lilly, buscando secretos.

–Los dos lo sabemos muy bien. Tú me sedujiste...

–¿Es así como crees que ocurrió? –Lilly sintió que le fallaba el paso. Nick ajustó el suyo al instante hasta que ambos volvieron a moverse al mismo ritmo–. Yo lo recuerdo de otro modo. Te recuerdo de pie, junto al ponche, sola. Y con ese vestido...

Lilly se había comprado un vestido especial para la ocasión, alentada por su hermana. Negro, de seda, de corte ajustado y abierto por la espalda, Lilly nunca había llevado nada parecido.

–Deseaba quitártelo –confesó Nick–. Pero no fue esa la razón por la que te pedí que bailaras conmigo. Quería ver tus ojos al mirar los míos –¿sus ojos?, se preguntó Lilly–. Había visto tus ojos antes. En la oficina de correos. Estabas entregándole un ramo de flores a la mujer que trabaja allí.

–Bouquet, Nick. No se dice un ramo de flores, se dice bouquet.

–Ramo, bouquet, da igual.

–Claveles rojos –añadió Lilly–. Es lo que le gusta a Bernadette. Tradicionalmente significan que esa persona nunca te olvidará.

–¿Las flores significan cosas?

–Sí.

–¿Qué significan los tulipanes? –preguntó Nick.

Era evidente que Nick recordaba la conversación telefónica de Lilly con su hermana.

–Los amarillos significan amor no correspondido.

–¿Y los rojos?

–Son una declaración de amor –respondió Lilly reacia.

–¿Y tu hermana quería que los llevaras en tu ramo de novia?

–Ella no conoce la verdad sobre nuestra relación.

–¿Y qué vas a escoger?

–Nick...

–Tú eres florista. Tendrás que hacerte tu ramo. Dime qué escogerás.

–Estefanías.

–¿Qué significan?

–Felicidad en el matrimonio. Y violetas.

–¿Violetas?

–Significan fidelidad. Para demostrar que no soy tu ex mujer.

Nick la estrechó con fuerza, pero no dijo nada.

Continuaron moviéndose y balanceándose el uno junto al otro. Una parte de ella deseaba que aquellos instantes duraran para siempre.

–¿Y sabe Bernadette, la de la oficina de correos, lo que significan los claveles?

–Sí, me lo preguntó –respondió Lilly.

–¿Y hay alguien a quien ella no vaya a olvidar nunca?

–Una vez oí decir que estaba interesada por un hombre, hace mucho tiempo.

–Es gracioso. Siempre me había parecido que nunca había cambiado, que siempre había tenido esa edad. Que no tenía pasado.

–Hay muchas cosas sobre las demás personas que no sabemos, Nick.

–Sí, y lo divertido de la vida es descubrirlas.

Lilly sonrió, y cuando él le correspondió con otra sonrisa ella olvidó seguir moviéndose. Entonces Nick se paró también mientras la música sonaba suavemente.

–¿Te ha mandado alguien alguno?

–¿Algún qué?

–Algún ramo de flores. Un bouquet –Lilly sacudió la cabeza–. Tendré que ocuparme de eso.

Nick comenzó a moverse de nuevo presionando ligeramente la mano contra la espalda de Lilly. Ella lo siguió sin hacer ningún esfuerzo. Si sus vidas pudieran ser igual de fáciles... El problema era que en la mayor parte de los aspectos de su vida Lilly no deseaba cometer un error siguiendo los pasos de él.

–Le compraste un libro a Bernadette.

–Le gusta mucho leer, tanto como a mí. Historias

de amor con finales trágicos, ya sabes, como *Romeo y Julieta.*

¿Pero por qué le estaba contando todo aquello?

–¿Y se lo diste junto con las flores?

–Sí.

–Vi tus ojos. Abrazabas las flores muy cerca de tu rostro. Tus ojos brillaban traviesos. Pero esa chispa desapareció al verme a mí. Fue como si una persiana los cerrara, como si te diera miedo de que yo pudiera mirar en sus profundidades. ¿No fue eso justo después de tu divorcio, nada más mudarte a vivir aquí? –Lilly se puso pálida. Nick conocía muchas cosas de su vida, comprendió desesperada–. ¿No deseas hablar de ello?

–Es algo pasado.

–¿Y por qué me miras exactamente igual ahora?

–¿Te miro igual?

–Sí. Estás frunciendo el ceño. Tienes los ojos entrecerrados, y de un verde más oscuro de lo que lo estaban antes. Esa mirada me dice que me aleje, es la misma mirada que has estado utilizando para conseguir que se aparten de ti todos los hombres de la ciudad.

Lilly trató de alejarse de él, pero Nick la agarró con más fuerza y continuó:

–Sé cuándo me acerco demasiado a ti, Lilly. Tenías esa misma expresión aquella mañana, justo antes de que me fuera a la ducha. Estuve reprochándome el hecho de no haber sabido verlo. Pero no voy a volver a cometer ese error. Así que dime... ¿por qué accediste a venir a casa conmigo?

Lilly sabía que aquella tarde Nick no estaba charlando por charlar. Su corazón le martilleó el pecho al notar la fuerza con la que la agarraba.

Nick había estado buscando respuestas desde la misma mañana en que ella había huido. Durante las semanas siguientes le había dejado una docena de mensajes en el contestador automático, y había ido a verla dos veces a la floristería. Por fortuna Lilly lo había visto llegar y había convencido a su hermana de que le dijera una mentira, de que le contara que no estaba en la tienda. Y cuando fue a buscarla a su casa fingió no escuchar el timbre.

–¿Hmm?

Nick tenía razón, estaba demasiado cerca. Los hombres que se acercaban demasiado le hacían daño. La balada terminó, pero inmediatamente comenzó otra.

–No lo sé –confesó Lilly incapaz de mirar a otro lado, recordando que eso mismo se lo había preguntado ella cientos de veces.

–Te sentías sola –sugirió él.

–No... sí –confesó Lilly recordando cómo había mirado a otras parejas durante la boda y acordándose de que había pensado en lo vacía que estaba su cama.

–Esta mañana me has dicho que estás segura de que el bebé es mío, que no has estado con ningún otro hombre.

–Sí, es cierto. Nunca he estado con ningún otro hombre excepto con mi ex marido.

–¿Nunca?

Aquella corta palabra le produjo a Lilly un estremecimiento. Y lo mismo le producía la sinceridad que Nick exigía de ella.

–Nunca.

–¿Y por qué yo, entonces?

Lilly se echó a reír antes de contestar:

–En aquel momento me pareciste... poco peligroso –Nick levantó una ceja inquisitiva sobre aquella mirada de un azul eléctrico. Lilly sonrió irónica–. Fui una estúpida.

–¿Una estúpida?

–Sabía que tú no te acostabas con las chicas así como así –afirmó ella con la mayor naturalidad, como si fuera algo de sobra sabido.

–¿Cómo dices?

El rubor subió a las mejillas de Lilly, que se sintió cohibida y violenta.

–Oí decir que tú no solías tener aventuras –Nick no dijo nada–. No tenías mala reputación –añadió Lilly deseando que la tierra se abriera y se la tragara.

–¿Preguntaste por ahí?

–No, lo oí –lo corrigió ella sin añadir que había sido Bernadette Simpson, la mujer de la oficina de correos, quien se lo había dicho.

Bernadette y ella habían estado hablando sobre la boda de Kurt y Jessie, y una de las dos lo había nombrado por ser el padrino. Y entonces Bernadette había dicho unas cuantas cosas buenas de él, como por ejemplo que se figuraba que solo se había portado así con su ex mujer al sentirse acorralado. Al acercarse Nick a Lilly en la recepción las palabras de Bernadette habían resonado en su mente.

–Además supuse que si eras amigo de Kurt y Jessie no podías ser peligroso.

–¿Y ahora qué piensas?

–Que a veces el peligro viene unido a cosas muy distintas.

–¿Y funcionó? –volvió a preguntar Nick en voz baja, mirándola con intensidad–. El hecho de acostarnos juntos... ¿te hizo sentirte menos sola?

Lilly no pudo apartar la mirada de las profundidades de los ojos de Nick, no pudo soltarse de su abrazo, ni pudo evitar contestar con sinceridad a la pregunta.

–No, no me hizo sentirme menos sola.

De hecho, en realidad, Lilly se había sentido más vacía aún.

–Entonces quizá esto lo consiga.

Nick apretó aún más su abrazo y la estrechó contra él. Y luego inclinó la cabeza decidido.

Lilly sintió un vuelco en el corazón.

Nick iba a besarla.

Lo sabía sin ningún género de dudas.

Capítulo Cinco

Al sacarla a bailar Nick pretendía besarla.

Y cuando por fin la tenía en sus brazos, contra su cuerpo, de ningún modo iba a consentir que se le escapara sin hacerlo.

Una sentimiento de posesión, inesperado e indeseado, lo invadió en su interior.

Le había costado años exorcizar las heridas que Marcy le había producido, y el día en el que por fin había arrojado las fotografías de su boda al fuego se había jurado a sí mismo que ninguna mujer volvería nunca a acercársele.

Sin embargo...

En aquel momento no solo deseaba tener a Lilly cerca, sino que esperaba que nunca se marchara.

Ni siquiera le gustaba su propia forma de reaccionar ante ella. Eso, sin embargo, no le impidió seguir bailando. Nick tomó a Lilly de la barbilla y la sujetó para besarla.

–Nick...

Le gustaba la forma en que ella decía su nombre, con voz trémula y llena de deseo, como si le estuviera diciendo que deseaba que la besara por mucho que luchara contra ese impulso.

–¿Sí?

–Yo...

Antes de que ella cerrara la boca él tomó su labio inferior entre los dientes. Luego lo lamió con la lengua y finalmente lo succionó.

Lilly suspiró. Él había esperado que ella lo rechazara, pero no lo hizo.

–Voy a besarte, Lilly.

Ella parpadeó, y él pudo captar el brillo de aquellas profundidades verdes, cuyo color se aligeró. ¿Por la expectativa, quizá?

Nick no la dejó escapar. Rozó sus labios contra los de ella una vez, dos veces, esperando su rendición.

Y ella no lo defraudó.

Lentamente abrió la boca para él.

Y Nick reclamó lo que ella le ofrecía como si llevara media vida esperando aquello.

Una necesidad primitiva y primaria lo consumía.

Nick profundizó en el beso, buscó con la lengua la de ella. Y ella respondió con un levísimo gemido.

No había sido como la primera vez. En aquella ocasión ella se había mostrado insegura. En cambio en ese momento Lilly pedía algo a cambio.

Si antes la encontraba sexy en ese instante Nick la encontraba arrebatadora. Lilly se estrechó contra él y Nick se movió, colocando una de las piernas entre las de ella.

Entonces Lilly se inclinó sobre él y tomó la iniciativa. Nick sintió que su lengua lo probaba, lo exploraba. Su calidez lo embargaba, lo excitaba.

Era demasiado pronto, y él lo sabía.

Nick había deseado bailar, pero nada más. Había deseado desvanecer su soledad. Pero no había pensado que ese mismo sentimiento podía penetrar su alma.

Hasta ese momento no había pensado una sola vez en la soledad. Sin embargo aquella misma tarde la casa había dejado de estar vacía. Al volver de sus tareas había sentido que ella estaba en casa, esperándolo. Y por primera vez en años se había sentido vivo.

Vivo. Sí, esa era una buena palabra para expresar lo que sentía.

—Eres una excelente bailarina, Lilly —aseguró Nick mirándola a los ojos. Apenas los tenía abiertos, pero él pudo leer en ellos su pensamiento—. No dejes que nadie te convenza de lo contrario.

Para sorpresa de Nick Lilly no trató de apartarse de él de inmediato.

—Esto no va a funcionar —advirtió ella.

–¿Qué no va a funcionar? –inquirió Nick rogando por que Lilly no se diera cuenta del efecto que ella tenía sobre él.

–Esto...

–Continúa.

–No vas a convencerme con un beso de que deje que decidas mi vida.

–No era eso lo que trataba de hacer.

–Y entonces... ¿qué estabas haciendo?

–Bailar con mi futura esposa.

–¿Por qué?

–¿Que por qué? –repitió él. Lilly esperó la respuesta–. Porque quiero –Lilly se echó a reír incrédula–. ¿No creerás que no me siento atraído hacia ti? –preguntó Nick frunciendo el ceño–. Ya comprendo. Crees que te estaba acariciando y besando porque quería manipularte. Así me aseguraba de que tú accedías a mis demandas.

–Eso es exactamente lo que parece.

–Lilly –continuó Nick en voz baja, muy baja–, no sé cuál ha sido tu experiencia con Aaron, pero yo no trato de manipular a las mujeres con las que me relaciono. Si quiero algo lo digo –Nick giró el rostro de Lilly poniendo un dedo sobre su barbilla–. Y cuando te beso puedes estar segura de que es porque lo deseo, porque estoy excitado por tu causa –añadió demostrándole de inmediato lo que estaba diciendo con otro profundo beso que los dejó a los dos sin aliento–. Y a menos que quieras que te lleve arriba, a mi cama, para demostrarte que se trata de sexo, de una pura atracción física hacia ti, te sugiero que subas a tu habitación y te encierres bajo llave.

Lilly se encogió de hombros, giró sobre sus talones y se apresuró a subir las escaleras. El portazo que dio hizo vibrar el cuadro del paisaje que había en su habitación.

Nick caminó de un lado a otro por el salón. La energía emocional y física rebosaba en su interior. Todo era una cuestión de deseo, eso le había dicho a Lilly. Y sin embargo no se había sentido tan embargado por un cúmulo de emociones tan fuertes en más tiempo del que podía recordar. Y había algo más. Quería que ella lo deseara tal y como lo había deseado aquella noche, que lo deseara como no había deseado nunca a ningún hombre.

La deseaba, deseaba poner un anillo en su dedo, deseaba casarse con ella, deseaba a su bebé. Lo deseaba todo.

Y cuanto antes mejor.

Aquella iba a ser una larga noche, y él lo sabía. La tentación lo aguardaba una puerta más allá.

−¿Un anillo de compromiso? −preguntó Lilly con la taza de café en la mano.

−Las mujeres que van a casarse, por lo general, lo llevan −replicó Nick inclinándose sobre la mesa y acercándose a ella.

−Pero...

−Dijiste que te encontrabas lo suficientemente bien como para ir a trabajar −contraatacó él.

−Pero eso es diferente −protestó Lilly.

Aquella mañana le costó bastante trabajo mantener su punto de vista con Nick a escasos centímetros de ella, al otro lado de la mesa, más devastador que nunca.

Él se había duchado y tenía el pelo mojado. Un rizo caía por su frente haciéndolo aún más atractivo. Se había afeitado, y el olor a jabón y a colonia invadía el aire que respiraba. Llevaba unos vaqueros oscuros ajustados a las caderas y a los muslos.

Y lo peor de todo era que se había dejado los dos botones superiores de la camisa sin abrochar, dejando que se viera en parte el vello de su pecho.

Lilly recordó haber acariciado aquel pecho, la espalda, más abajo...

Dio un trago de café e hizo una mueca al sentir que se quemaba la lengua.

−¿Y dónde está la diferencia, Lilly? ¿Te encuentras bien para ir a trabajar pero no para ir de compras?

—preguntó Nick dejando a un lado la taza de café—. ¿Estás tratando de huir, o es el anillo de compromiso lo que no quieres?

—No, sí —suspiró Lilly.

—¿Y bien? —insistió Nick.

—He pensado que sólo quiero un anillo sencillo.

—Soy un tipo tradicional. Compláceme —Lilly no contestó. No iba a tener más remedio que complacerlo—. Y si es posible hablaremos con Matt Sheffield. Vamos a ver cuándo puede celebrar la ceremonia —Lilly cerró los ojos tratando de contener la emoción. Nick iba demasiado deprisa, como un tornado devorando la pradera—. A menos que quieras casarte en los juzgados, claro.

—¿Me estás preguntando mi opinión? —inquirió Lilly atónita.

Nick dejó escapar el aire contenido y puso una mano sobre la de ella.

—Te he dicho que no soy un ogro. Esta boda es tan tuya como mía. Colabora conmigo, Lilly.

Aquella honestidad la sorprendió. Podía ignorarlo cuando planteaba sus exigencias, pero cuando simplemente exponía sus emociones no podía negarle nada.

—Casarnos en los juzgados me parece menos hipócrita.

—No hay nada de hipócrita en el hecho de que tú y yo nos casemos, Lilly. Viviremos juntos como marido y mujer.

—Pero el amor no tendrá nada que ver con nosotros —objetó ella.

—No, pero si lo prefieres podemos prescindir de las promesas.

Cinco años atrás, frente al mismo párroco y en una iglesia llena de familiares y amigos, Lilly había jurado amor eterno a Aaron. Él le había regalado un anillo, pero no había hablado en serio al pronunciar ni una de sus promesas.

—Yo te honraré, Lilly Baldwin, hasta el fin de mis días.

—¿Y qué hay de la confianza?

Nick no respondió. Tendría que conformarse con el honor, y ella lo sabía. Él no le ofrecería nada más. Quizá incluso ni siquiera fuera capaz de proporcionarle nada más.

—Si voy a llevar un anillo tendrá que ser pequeño.

—Bien.

No obstante una hora más tarde Lilly descubrió que no iba a ser así.

Nick la había llevado a su casa directamente desde la consulta del médico el día anterior, de modo que lo primero que hizo aquella mañana fue parar en la de ella para que recogiera sus cosas. Luego la llevó a la joyería más cara de la ciudad.

—Nick, me lo prometiste.

—La medida es algo relativo, Lilly.

—Eso si eres Elisabeth Taylor.

Nick se puso serio.

Luego, dejándola atónita, fue a pedir justo el anillo que había llamado su atención. Se lo señaló al propietario de la joyería y dijo:

—Queremos ver ese.

—Pero si es uno de los diamantes más grandes de la tienda —objetó Lilly agarrándolo del brazo.

—A mí me parece que es de tamaño medio, ¿no es así, Jed?

—Llevo toda mi vida haciendo anillos, y este es de tamaño medio.

—Dame tu mano, Lilly.

—Nick, no puedo aceptar ese anillo.

Sin embargo, mientras lo decía, un rayo de luz atravesó la gema y se refractó en miles de colores en todas direcciones.

—No te hará ningún daño probártelo.

El anillo encajaba en su dedo. Encajaba perfectamente, y era precioso.

—Sí señor, no hay duda, es un anillo precioso —afirmó Jed.

—¿Te gusta? —preguntó Nick.

El corazón de Lilly se aceleró al darse cuenta de que aquello era algo más que una simple pieza de joyería: era un símbolo de su compromiso. De pronto le pesó una tonelada.

Nick tomó su mano y se la sostuvo bajo la lámpara mientras Jed le informaba sobre la gema.

–¿Quieres que busquemos otro? –preguntó Nick.

–Sí, uno más pequeño.

–No voy a comprar nada más pequeño que esto.

–Es demasiado caro.

–Nada es demasiado caro para mi futura mujer. Y si te gusta, quiero que lo tengas.

En aquel instante nadie más existió. Lilly lo miró y quedó atónita ante la sinceridad que veía en su expresión.

Aaron había deseado poseerla, pero todo se había centrado en torno a él, a lo que él quería. Nick, en cambio, parecía querer hacerla feliz.

–Podemos buscar otro –volvió él a decir.

Lilly sacudió la cabeza. Deseaba desesperadamente que no le gustara aquel anillo, pero era lo más precioso que jamás había poseído.

–Nos lo llevamos –dijo Nick.

Lilly sintió que el aire no le llegaba a los pulmones.

–Bien, va a juego con este otro anillo –explicó Jed–. ¿Quieres probártelos juntos?

–No –se negó Lilly.

Con un anillo, por el momento, era suficiente.

–¿Y tienes anillo a juego también para el novio? –preguntó Nick.

–Por supuesto.

–¿Vas a llevar anillo? –preguntó ella.

–Estaré tan casado como tú, Lilly.

–Sí, pero...

–Lilly, el anillo es parte de mi promesa hacia ti y hacia el bebé.

Lilly suspiró resignada y calló. A cada paso que él daba se acercaban más a lo inevitable.

Nick necesitaba una talla muy grande que el vendedor no tenía en la tienda, pero no quiso comprometerse a comprarlo a menos que lo tuviera en una semana. Lilly dudaba de que ningún hombre pudiera ser más exigente.

–Y ahora, señorita, ¿quieres ponerte tu anillo? –antes de que ella pudiera contestar Nick continuó–: Nos lo llevaremos en una caja. Quiero dártelo luego, cuando estemos solos –añadió mientras ella se lo sacaba del dedo.

Solos.

La mente de Lilly consideró el significado de aquella palabra una y otra vez. La idea de ellos dos, juntos y a solas en casa de él, le aceleraba los latidos del corazón.

–¿Tienes hambre? –preguntó Nick al salir de la tienda.

El sol calentó el rostro de Lilly llevándose consigo por unos instantes todas sus preocupaciones. La idea de comer definitivamente la atraía. Hacía horas que habían desayunado.

–En el Chuckwagon Diner's sirven comidas.

–Ya me conoces –dijo Lilly.

–¿Siempre hambrienta? –Lilly le sonrió–. Me gustaría tener una cámara de fotos. Una sonrisa como esa vale por el alma de cualquier hombre.

Nick le abrió la puerta del coche y Lilly se preguntó cómo habría sido todo si ella hubiera creído en el amor, si él hubiera creído en el amor.

La sonrisa de Lilly se desvaneció lentamente. Quizá existieran los finales felices, pero desde luego ella no iba a tener la suerte de gozar de uno de ellos, de eso estaba segura.

–¿Tienes una lista de invitados? –preguntó Nick.

Lilly levantó la vista de la revista que leía ausente.

–¿Una lista de invitados?

–A la boda.

–Pero no vamos a invitar a mucha gente.

Los hombros de Nick llenaron el marco de la puerta bloqueándole el paso a la luz de la tarde. Lilly hubiera deseado que él permaneciera allí, pero sabía que se acercaría.

–Yo solo quiero invitar a mi familia –contestó ella–. Y quizá a unos pocos de tus amigos.

–¿Es que no quieres una gran boda?

–No, ya tuve una, y no fue como esperaba.

–Entonces será una boda pequeña.

–Me asustas, Nick. No es habitual en ti mostrarte tan agradable.

–Solo quiero que fijes la fecha.

–No te rindes, ¿verdad?

–No –Nick sonrió, y el corazón de Lilly olvidó lo que tenía que hacer a continuación–. ¿La semana que viene?

–Dos semanas –contraatacó ella.

–Hecho. Llamaré a Matt para arreglarlo. ¿Mañana o tarde?

–Decídelo tú.

–¿Algún lugar en especial para pasar la luna de miel?

–Ya hemos disfrutado de la luna de miel –aseguró Lilly.

Entonces él se acercó en tres zancadas. El sonido de sus pisadas quedó amortiguado por la alfombra. Nick se aproximó tanto que Lilly tuvo que levantar la cabeza para mirarlo. Él ocupaba todo el ángulo de su visión. Un nudo atenazó la garganta de ella.

–Tendremos luna de miel, no lo dudes ni por un momento –Lilly ni siquiera pudo tragar–. Yo, desde luego, espero que mi mujer se acueste conmigo. Te estoy ofreciendo la oportunidad de salir unos cuantos días, eso es todo.

El fuego crepitó en la chimenea.

–Yo...

–Puedo hacerte el amor aquí perfectamente, como en un hotel elegante. Tú decides.

Lilly no supo qué contestar, de modo que calló.

–Llevo todo el día esperando este momento –añadió él con voz ronca, como cuando estaba a punto de besarla o de hacerle el amor.

Entonces Nick se arrodilló delante de ella. Aquella proximidad lo hacía aún más impresionante.

–Dame tu mano, Lilly. Quiero ponerte el anillo. Quiero que todo el mundo sepa que eres mía.

El corazón de Lilly martilleó en su pecho. Nick agarró su mano y la sujetó por la muñeca al ver que temblaba. Él tenía la cabeza inclinada. Ella cerró los ojos pero luego, al ver imágenes de sí misma tratando de quitarse desesperadamente el anillo de Aaron, se arrepintió de haberlos cerrado.

No sería igual, de ningún modo. No había en el mundo suficiente espacio para esconderse de Nick si él tomaba una decisión.

El pasado y el presente se fundieron sofocándola. Lilly retiró la mano y el anillo cayó a la alfombra.

–¿Lilly?

–No puedo hacerlo, Nick. Pensé que sí podría, pero no puedo.

–Está bien, está bien –respondió él en voz baja y suave.

Aquella actitud era contradictoria con todo lo que había oído decir siempre sobre Nick. Excepto cuando habían hecho el amor.

Nick la estrechó contra sí.

Él era el único hombre en el que Lilly no podía buscar consuelo, pero era el único al que deseaba.

Las emociones de Lilly fueron apaciguándose mientras Nick la acariciaba musitando palabras sin sentido.

Después, al sentir que ella tenía hipo, Nick se alejó hasta llegar al centro de la habitación, cerca de la chimenea.

Lilly respiró hondo, apaciguando sus nervios. Nick tamborileó con los dedos. Ella era consciente de la tensión de él incluso a aquella distancia.

–Ayúdame, Lilly –dijo él dejando la mano quieta por fin–. Quiero comprender qué es lo que está ocurriendo aquí –añadió pasándose la mano por el cabello.

Lilly necesitó un buen acopio de coraje para mirarlo a la cara. Nick resultaba más masculino que cualquier otro hombre que hubiera conocido. Enérgico, tierno, compasivo. Y además era su futuro marido.

–¿Por qué me tienes miedo?

–No te tengo miedo.

–Pero no quieres hacer el amor.

–No –admitió Lilly mirándolo a la cara.

–¿Es que no te gusta?

No tenía otra alternativa más que confesarle la verdad, tanto a él como a sí misma. Finalmente lo miró y dijo:

–No, no es eso.

–Hubiera jurado que te satisfacía. Esos gemidos, la forma en que retorcías y hundías los talones contra el colchón, y luego tu manera de quedarte como si hubieras sufrido un colapso debajo de mí...

Algo ocurría en el interior de Lilly, una especie de conciencia... La voz del reconocimiento le decía que ella era la mujer de ese hombre, de que estaban hechos el uno para el otro por mucho que luchara por negarlo.

–Yo... tú... sí, así es –nunca, en todos sus años de matrimonio con Aaron, le había hecho él ese tipo de preguntas. Nunca le había importado lo suficiente–. Pero es que era la primera vez que... –la voz de Lilly se desvaneció, se interrumpió al comprender que había hablado demasiado.

–¿Quieres decir que estuviste casada y nunca tuviste un orgasmo hasta que hicimos el amor? –Lilly no respondió. Entonces Nick juró–. ¿Qué clase de matrimonio era el tuyo?

–No uno bueno –admitió Lilly tratando de distanciarse emocionalmente de él.

–Quiero saberlo todo, Lilly. Al detalle –toda la comprensión de Nick se había convertido en pura decisión–. Ninguno de los dos va a salir de esta habitación hasta que sepa por qué la idea de intimar conmigo te asusta tanto.

Capítulo Seis

La paciencia nunca había sido una de las virtudes de Nick. Por desgracia, sin embargo, mientras se relacionara con Lilly, no iba a tener otra opción que intentar desarrollarla. Solo deseaba que aquello no le resultara demasiado difícil.

Deseaba cruzar la habitación, tomarla de los hombros, abrazarla, besarla... cualquier cosa, lo que fuera con tal de derretir aquel escudo de frialdad con el que ella había protegido su corazón.

La necesitaba, y no había sentido nada tan profundo y penetrante desde el momento de sostener a Shanna en sus brazos por primera vez.

–Lilly, estoy esperando –dijo atemperando sus palabras, a pesar de que fuera lo más duro que hubiera hecho nunca–. ¿Por qué te comportas como si casarte conmigo fuera como cumplir una sentencia de muerte?

–Porque lo es.

Las palabras de Lilly resonaron en la habitación y golpearon el corazón de Nick. Ella veía el matrimonio, a él, como a un castigo.

–Se trata del control sobre mí misma –explicó Lilly–. No quiero volver a perderlo, me juré a mí misma que nunca volvería a perderlo. El anillo de compromiso es como un lazo que me atará a ti para siempre, nunca podré escapar.

Nick juró en voz baja. Antes de que tuviera tiempo de pensar en una respuesta ella continuó:

–Todo lo que te has imaginado de mis relaciones con Aaron es cierto.

–¿Incluyendo el hecho de que no tuvieras una vida sexual satisfactoria?

–El sexo era una de mis responsabilidades.

–¿Responsabilidades?

–Tres veces a la semana.

–¿Eso te dijo él?

–Me lo decía todo el tiempo.

–¿Lo desearas tú o no?

–Eso era irrelevante. Aaron necesitaba relajarse para poder enfrentarse de nuevo al estrés.

Lilly parpadeó y después miró a Nick a través del velo de sus largas pestañas. Ella tenía el poder de hacerle sentir deseo sexual y un afán de protección al mismo tiempo.

–Después del primer año yo no quería volver a hacerlo. Nunca.

–¿Y entonces por qué seguiste casada con él?

–Si tuviera una moneda por cada una de las veces que yo misma me he hecho esa pregunta... –respondió Lilly tratando de sonreír–. Cuando lo conocí me enamoré locamente de él. Nunca me habría casado si no lo hubiera amado. Era muy joven, y era la primera vez que me sentía independiente. Había ido a Durango para asistir al instituto, y Aaron acababa de graduarse. Me halagó la atención que me procuraba. Yo no era nadie, solo una chica de un pueblo pequeño.

–¿Nadie?

–Eso era lo que pensaba.

–¿Y Aaron te confirmó la idea?

–Al principio no... me colmaba de atenciones, me llevó a su apartamento, me animó a hacerle comidas en lugar de salir juntos por ahí...

–Quería que te ocuparas de él.

–Sí, pero yo entonces no me di cuenta. Él se me declaró, y yo me sentí como flotando. Era mayor, más inteligente que yo. O eso creí. Creía que él quería lo mejor para mí. Y yo solo deseaba lo mejor para él. Aaron tenía su propia casa, así que si me mudaba con él en lugar de alquilar una habitación les ahorraba a mis padres un dinero. Acordamos que después de que me graduara fundaríamos una familia. Yo quería tener dos hijos, y él dijo que le parecía bien.

De pronto la tensión de Nick pareció a punto de estallar. Lilly se apresuró a continuar:

–Te conté que era estéril, Nick. No te mentí. No te engañé aquella noche.

Nick tamborileó con los dedos de nuevo, sin decir nada. A aquellas alturas sus palabras ya no tenían importancia. Lilly estaba embarazada, eso era lo único que importaba.

–Después de graduarme Aaron me convenció de que lo mejor era que me quedara en casa como madre y ama de casa, de que él ganaba el suficiente dinero para los dos. A mí me encantó la idea, era la viva imagen del matrimonio perfecto y de la familia perfecta. Pero enseguida él comenzó a decir que yo era una vaga.

Nick no pudo evitar hacer una mueca burlona. Sabía lo duramente que habían trabajado Lilly y su hermana para sacar adelante Rocky Mountain Flowers.

–Tres años más tarde no tenía ni dinero, ni cuenta corriente, ni hijo... nada.

Lilly se abrazó el vientre. Nick la había visto hacerlo innumerables veces, y cada una de ellas había sentido un vuelco en el corazón.

Marcy no había hecho más que quejarse durante todo el embarazo: de que estaba perdiendo la línea, de que estaba gorda, de que el bebé se movía demasiado, de que no estaba a gusto.

Pero Lilly, con aquella forma suya de preocuparse tanto por el bebé... Nick no lamentaba el hecho de que estuviera embarazada, a pesar de que siguiera sospechando que lo había engañado.

–Ni siquiera trataba de quedarme embarazada, no después de que...

Lilly se puso pálida. Nick sintió que tenían que dejar de hablar de ello, que tenía que detenerla.

–Lilly, no.

–Estoy bien, si vamos a... Tienes derecho a saber por qué... por qué la idea de casarme me asusta tanto. Fui al médico. Al principio me dijo que me relajara, que estaba estresada. Lo intenté todo: tomarme la

69

temperatura, ponerme en el ánimo adecuado, comprarme ropa interior sexy, pero cuando él... –Lilly respiró hondo, levantando la barbilla y mirándolo a los ojos–... no disfrutaba. Aaron sencillamente se metía en la cama y se ponía encima de mí.

–¿Estuvieras lista o no?

Lilly bajó la vista.

–Después de seis meses volví al médico y le pedí a Aaron que hiciera lo mismo. Nos hicieron todos los tests. Fue horrible. Sin embargo yo hubiera hecho cualquier cosa. Llevábamos dos años casados y... no había ocurrido nada. Según el médico el recuento del esperma de Aaron era bueno...

–No lo suficientemente bueno.

–Entonces pensamos que el problema era yo.

–Ese estúpido de tu marido te mintió.

–Eso es lo que cree el doctor Johnson que debió de ocurrir. Lo siento, Nick... no habría hecho el amor contigo de haberlo sabido. No soy de ese tipo de mujeres capaces de hacer algo así. Sé que no me crees pero...

Nick se acercó a ella y puso una mano sobre su labio para hacerla callar.

–No importa.

Los ojos de Lilly se abrieron inmensamente, expresando lo importante que era para ella esa respuesta. Y el hecho de que lo fuera hizo que comenzara a serlo también para él. Nick había pasado por muchas situaciones difíciles en su vida, pero gracias a todas ellas se había convertido en el hombre que era.

Y sin embargo sabía, a ciencia cierta, que nada en su vida había sido tan importante como los instantes que viviría a continuación. Por eso dijo, en voz baja:

–Te creo.

–¿En serio? –inquirió ella apartándole la mano.

–Sí, te creo.

–No lo dirás en broma, ¿verdad? –volvió a inquirir ella inclinándose hacia adelante.

–Lo digo en serio, Lilly. Deberías saberlo.

–Lo sé.

El suspiro de Lilly le resultó casi tan gratificante como si hubieran hecho el amor. Nick tomó un mechón de su cabello y lo enredó en uno de sus dedos. Le gustaba la forma en que su pelo caía y se envolvía, era como seda.

–No puedes imaginarte lo que significa para mí el hecho de que me creas, Nick.

–Sí, quizá sí –respondió él, que lo comprendía por la expresión de sus ojos.

Para Lilly era importante su integridad. Y para él también lo era.

–Gracias –dijo Lilly.

Por un momento Nick se preguntó cómo era posible que alguna vez hubiera dudado de ella. Entonces ella continuó:

–Hay más. Yo sabía lo vergonzosa que era nuestra relación, pero no terminó hasta el día en que él volvió a casa del trabajo y me encontró en la cama. Yo estaba enferma, tenía un fuerte constipado. Él me quitó las sábanas y me sacó a rastras de la cama –explicó frotándose las muñecas como si quisiera borrar con ello el recuerdo–. Me llevó hasta el salón y me enseñó el polvo que había en la mesa de delante del sofá. Y me preguntó cómo me atrevía a ser tan vaga cuando él trabajaba como un esclavo para que pudiéramos seguir viviendo.

Nick tomó la muñeca que ella se frotaba y comenzó a masajeársela.

–Yo me disculpé, Nick. Casi le pedí perdón por ser un desastre. Y luego, cuando estaba limpiando la mesa con el trapo que él me había arrojado, comprendí en qué me había convertido. Aaron me dijo que era una suerte que no me hubiera quedado embarazada. Según él era demasiado vaga para ser una buena madre. Cuando por fin reuní el coraje suficiente para llamar a mi casa y pedir ayuda me juré a mí misma que nunca más volvería a involucrarme en una situación así. Me juré que nunca más me sentenciaría a mí misma a una humillación semejante.

Nick trató de no apretarle demasiado la muñeca, y luego, delicadamente, afirmó:

—Yo no soy Aaron.

—No, no lo eres —confirmó Lilly mirando sus manos—. Y por eso puede ser peor.

—¿Y qué se supone que significa eso? —Lilly no respondió—. Lilly, mírame.

Por fin ella lo hizo. Y respondió:

—Tú eres el doble de hombre de lo que era Aaron. Tú me hiciste... —Nick vio en sus ojos un conflicto de emociones: la resistencia y el ansia de sinceridad, el brillo de sus ojos verdes lucir y apagarse, reflejando el fuego interior—. Tú me hiciste olvidar mi decisión de no volver a relacionarme con ningún otro hombre, Nick. Fue como si me raptaras. Y luego, cuando yo...

—...cuando llegaste al clímax...

—Al menos con Aaron podía guardarme en secreto esa parte de mí —asintió Lilly mirándolo—. Pero contigo... tú no estuviste satisfecho hasta que no lo estuve yo, Nick. Perdí el control. Tú me hiciste perderlo.

Al menos tenía sobre ella el mismo efecto físico que ella sobre él, pensó Nick. Aunque eso no ayudara demasiado en ese instante.

—Más tarde me dije a mí misma que no ocurría nada, que se trataba solo de una aventura de una noche y que no volvería a verte —continuó Lilly—. Incluso cuando descubrí que estaba embarazada pensé que no pasaba nada, que tú no desearías fundar una familia conmigo, que estaba a salvo.

—Te equivocabas.

—Sí —sacudió Lilly la cabeza desenredando y soltando el rizo con el que él jugaba entre los dedos—. ¿No lo comprendes, Nick? No funcionará. Yo nunca me permitiré a mí misma volver a perder el control, olvidarme de quién soy, dejar que alguien me convierta en su osito de peluche.

—¿Es que crees que es eso lo que yo quiero? —preguntó Nick poniendo las manos sobre sus hombros—. Dios, si quisiera tener un trofeo expondría los que gané en el rodeo. No necesito poner trofeos en la repisa dc la chimenea, y te aseguro que no quiero llevar ninguno colgado del brazo.

–Bien, porque no es eso lo que yo deseo ser –respondió Lilly.

–¿Y por qué diablos crees que me sentí atraído hacia ti desde el principio? Me gustaba tu forma de ser, tu franqueza, tu deseo de vivir la vida plenamente. Sabía en qué me metía, Lilly. Era a ti a quien quería, no a una mujer a la que pudiera engañar. Además no es lo mismo disfrutar del sexo que perder el control de una relación.

–Quizá no lo sea para ti, pero para mí ambas cosas no pueden separarse –alegó Lilly.

–Aaron no era un hombre de verdad –repuso Nick exhalando con frustración el aire contenido–, no sabía cómo tratar a la mujer que tuvo la suerte de poseer. No te merecía. Pero entendámonos de una vez, Lilly: tú vas a ser mi esposa, no simplemente una persona que me calienta la cama y me proporciona un alivio hormonal.

Lilly miró en las profundidades azules de los ojos de Nick, llenos de promesas, y estuvo a punto de perderse en ellos...

–Haré todo lo que esté en mi mano para asegurarme de que te sientes respetada en nuestro matrimonio –continuó Nick–. Entraremos en este compromiso con los ojos bien abiertos. No habrá ni engaños ni amor. Tú te quedarás con tu dinero, incluso después de vender tu casa. Si no quieres que tengamos cuentas bancarias unidas me parece bien. Yo, en cambio, sumaré mis ingresos a los tuyos, no tendrás que explicarme de dónde sale tu dinero. Y podemos llegar a un acuerdo prematrimonial que te proteja.

–No es tan sencillo –respondió Lilly alejándose.

–Tienes que saber algo, Lilly –continuó Nick pasándose una mano por el cabello, cruzando la habitación y mirando por la ventana, de espaldas a ella–. Algo que jamás le he dicho nunca a ninguna otra persona.

Lilly caminó por la habitación, incapaz de contener la energía que la consumía en su interior. Nick continuó:

–Mi madre trajo a un hombre a casa cuando yo tenía cinco años.

La crudeza del tono de voz de Nick detuvo a Lilly, que se quedó quieta. Cruzó los brazos sobre su pecho y esperó. Nunca le había oído hablar en ese tono, era como una debilidad y vulnerabilidad que revelaba años de dolor.

–Fue unos cuantos días antes de la Navidad. El padre de Kurt Majors nos llevó a Kurt y a mí al almacén y compramos un Santa Claus. Cuando me acurruqué en su regazo le dije que quería saber quién era mi padre, que quería conocerlo. Siempre me había preguntado quién sería y había supuesto que mamá lo sabía aunque hubiera escrito «desconocido» en mi certificado de nacimiento.

Lilly sintió el dolor que embargaba a Nick. Este continuó:

–Estaba seguro de que yo le gustaría, de que bastaría con que me conociera para que todo fuera bien. Todas las noches le prometía a Dios que me portaría bien con tal de que me mandara a un padre como el de Kurt. Y entonces fue cuando mi madre trajo a un hombre a casa. Se llamaba Joe Stubing. Nunca lo olvidaré. Era alto y de pelo oscuro, como yo. Y tenía los ojos azules, igual que yo. Mi madre tenía los ojos verdes, así que pensé...

–Pensaste que era tu padre –dijo Lilly terminando la frase por él y poniéndose una mano sobre el pecho.

Entonces Nick se volvió. Sus ojos estaban tan heridos como herida sonaba su voz.

–Todas las personas a las que conocía tenían una verdadera familia. Y la de Kurt era la mejor. Yo era el único que no tenía familia. Lo llamé papá –añadió con una expresión de burla–. Creía que Santa Claus me había traído lo que yo más quería. Corrí hacia aquel hombre y lo abracé por las rodillas. Nunca en la vida había sido tan feliz. Él me pegó, me dijo que me apartara de él, que era un bastardo.

–¡Oh, Dios! ¡Dios! –exclamó Lilly con el corazón en un puño.

–Supongo que fue lo mejor. Mamá estaba asustada. Me gritó, me abofeteó. Nunca más volví a preguntar por mi padre, y dejé de creer en Santa Claus. ¿Hablas de humillación, Lilly? Creo que yo ya he sufrido mi parte.

Lilly corrió a los brazos de Nick al instante, poniendo las manos sobre el pecho de él. El corazón de Nick latía acelerado, su mandíbula estaba tensa por el esfuerzo.

Nick bajó la cabeza y ella le ofreció su boca, deseosa de ayudarlo a olvidar. Ningún hombre le había mostrado su alma con tanta sinceridad, y aquello terminaba con todas sus defensas.

El beso de Nick fue tierno y tranquilizador, exigente y tentador a un tiempo.

–Encontraremos un modo de salir adelante –repuso él cuando la vio indecisa, sin terminar de decidirse–. No puedo dejar que mi hijo crezca sin una familia.

Nick no dijo una palabra más. La dejó, cerrando la puerta de golpe y sobresaltándola.

Lilly sintió compasión por el niño que había sido.

Pero el hombre en el que se había convertido a veces la aterrorizaba.

Lilly recogió el anillo y pasó un dedo por el aro de oro. Y se preguntó por qué una simple pieza de joyería representaba tanto.

Había pasado años tratando de olvidar a Aaron. Y hasta aquel momento creía haber tenido éxito. Sin embargo Nick había abierto las heridas que aún tenía en el alma, heridas que atravesaban el tiempo y rasgaban un vacío en su futuro.

Las palabras de Nick resonaban como un eco en su interior. Lilly había vislumbrado el dolor oculto que él no había querido exponer y se preguntaba cuánto más habría escondido y cuán profundamente estaría enterrado. Nick había perdido la inocencia a los cinco años y después, unos pocos años atrás, había perdido también a un hija que creía suya y a la cual amaba.

Y había luchado, eso lo sabía. No había tenido otra elección.

Y como aquel era también su bebé Lilly tendría que hacer lo correcto.

Había estado en la habitación de Shanna, había visto el libro que Nick había estado leyendo. Él se había ofrecido para quedarse en casa con el bebé y hacer turnos para darle el biberón y cambiarle de pañales. Si alguna vez deseaba al mejor padre para su hijo elegiría a alguien como Nick. Él sería un padre muy especial, de eso no cabía duda.

Lilly sostuvo el diamante a la luz. ¿Le sería posible ser madre y esposa sin volver a perderse de nuevo?

¿Tenía otra opción?

Por mucho que mirara las profundidades de aquel diamante no se reflejaba en él ninguna respuesta mágica.

Nick le quitó la silla de montar al caballo y le soltó la rienda.

Sabía que había agotado todas sus opciones. No podía obligar a Lilly a casarse con él. Pero rogaba a Dios para poder convencerla. La sinceridad había sido su última baza.

Había enterrado profundamente los recuerdos de su madre y de aquella Navidad la misma noche en que Santa Claus le había regalado carbón como castigo por echar a perder la relación de su madre con Joe Stubing. Contarle su pasado a Lilly le había costado un enorme esfuerzo, pero ella merecía la pena. La batalla merecía la pena.

Las dudas de Lilly eran tangibles, reales. Hubiera querido empaquetarlas y llevárselas lejos.

Aquellas dudas significaban que iba a tener que cortejarla, que iba a tener que demostrarle que no

76

era igual que el tipo con el que se había casado una vez.

Necesitaba desarrollar la paciencia, ser menos inflexible. Aquellas eran armas nuevas para él, y no estaba precisamente orgulloso de ello, pero aguantaría cuanto pudiera.

Porque no estaba dispuesto a perder a su hijo en esa ocasión.

–¿Ir? ¿A dónde? –preguntó Lilly.

–A la tienda de flores.

Lilly frunció el ceño. Nick se apoyó contra el dintel de la puerta sin entrar en la habitación. Era una buena señal que ella no hubiera subido y no se hubiera encerrado en su dormitorio.

Lilly dejó la revista que estaba leyendo.

–¿Para qué?

–Estoy seguro de que estás ansiosa por saber cómo se las apaña tu hermana sin ti.

–No confío en ti, Nick.

–No hay ningún motivo oculto, te lo aseguro –alegó Nick exhalando el aire contenido, preguntándose cómo era posible que ninguna mueca traicionara su mentira–. Además supongo que deberíamos de comprar alimentos, tal y como estamos comiendo los dos. A menos que prefieras quedarte aquí sola y que vaya yo...

–Un momento, recogeré mi bolso.

La revista cayó abierta al suelo.

–¿Ciento cincuenta maneras de mejorar tu vida amorosa? –inquirió Nick.

–No lo estaba leyendo –respondió Lilly ruborizándose y evitando su mirada.

–Mala suerte. Me preguntaba cuál sería el modo veintiuno.

–¿El veintiuno?

–Es mi número de la suerte.

Lilly recogió la revista y la dejó sobre la mesa. Nick rio, decidido a averiguar cuál era el método veintiuno y a practicarlo mientras ella se ruborizaba aún más.

Entró en el garaje y abrió la puerta del vehículo para ella.

—Creía que solo tenías el camión.

—Hay unas cuantas cosas que aún no sabes sobre mí, Lilly. Pero te contaré todo lo que quieras —se ofreció mientras la ayudaba a subir.

—Puedo hacerlo sola.

—Sí, lo sé, pero yo quiero ayudarte —ella hizo un gesto de enfado—. Ayuda, Lilly. Ayuda. ¿Es que tu madre no te dijo nunca que se te iba a poner la cara fea así?

—¿Cómo?

—Con ese gesto de enfado.

—No, nunca me enfadaba cuando era pequeña. Y no estoy enfadada ahora.

—Estabas enfadada —insistió él con el rostro a escasos centímetros de ella.

—No lo estoy.

Nick alzó una mano y rozó sus labios con el dedo mientras ella seguía discutiendo. Lilly abrió la boca sorprendida.

—Ahora no tienes ese gesto de enfado. Sube al coche, Lilly.

Ella no volvió a discutir.

Nick había ganado el primer asalto. La había pillado desprevenida y la había tocado dos veces sin que ella diera un paso atrás. Aquello le hizo sentirse bien.

Pero quince minutos más tarde ese sentimiento se le borró.

Lilly estaba en su elemento ayudando a su hermana en la tienda. Había gente, y mientras Nick se apoyaba sobre una de las unidades de refrigeración Lilly comenzó a atender a los clientes y a tomar nota de encargos.

En el centro de la tienda, y con toda ella llena de mujeres, Nick comenzó a sentir de pronto que era el único hombre y que estaba fuera de lugar. El ambiente era pesado con el perfume de las flores.

Nick se mantuvo fuera de la conversación hasta que la mujer de la oficina de correos, Bernadette

Simpson, entró. Entonces se convirtió en el centro de la atención. Y decidió que prefería ser ignorado.

–Bien, jovencita, ¿ha entrado ya Nicholas en razón y te ha propuesto el matrimonio? –preguntó la mujer.

Nick miró directamente a Lilly. Ella lo buscó instintivamente con la mirada y él anunció:

–Deja que responda yo por ti. Te voy a contar un pequeño secreto, Bernadette. Nada me haría más feliz que casarme con Lilly Baldwin. Es una mujer muy bella, con un corazón de oro. Pero la decisión es suya. Pero si se decide por una fecha te aseguro que en cuanto lo haga tú serás la primera en saberlo.

–¿Lo prometes? –inquirió Bernadette.

Lilly le entregó a la mujer su bouquet semanal de claveles rosas.

Unos minutos más tarde la tienda se vació por fin. Beth estaba en la trastienda, de modo que los dos estaban a solas.

–¿Por qué has hecho eso? –preguntó Lilly.

–¿El qué?

–No te hagas el inocente conmigo, Nick Andrews –repuso Lilly saliendo de detrás del mostrador para señalarlo con el dedo índice en el pecho.

Nick la había visto enfadada, molesta, herida, tierna, pero aquello... Sus ojos brillaban como el fuego, y en su voz había una nota de tensión que él era incapaz de identificar. Lilly lo volvía loco.

–¿Por qué le has dicho a Bernadette que no hemos fijado la fecha y que es decisión mía si nos casamos y cuándo? –insistió Lilly.

–Ah, eso.

–Sí, eso. Puedes comenzar a explicarte, embustero.

–La fecha puede cambiar.

–¿Puede?

–Yo me casaría contigo mañana, si tú quisieras. ¿Quién sabe? Podemos fugarnos.

–No vamos a fugarnos –afirmó Lilly.

–Podría raptarte. Con Kurt y Jessie funcionó. Por supuesto eso supondría que la señorita Starr escribiría una columna muy interesante sobre nosotros. «El novio retiene a la novia como rehén a las puertas de la iglesia. Véase página tres».

Lilly echó la cabeza atrás. Tras un largo suspiro lo miró.

—Eres imposible.

—Lo intento.

—¿Y qué es eso de que soy una mujer muy bella y de que nada te haría tan feliz como casarte conmigo? —insistió Lilly.

—Eres bella —repuso Nick tomando una de sus manos y llevándosela a los labios.

—¡Nick, basta!

—¿Basta? ¿De qué? ¿De besarte?

—No, de hacer esas afirmaciones ridículas.

—Entonces, ¿puedo besarte?

—Sí. No —se corrigió Lilly apartando la mano—. Me pones enferma.

Nick rio.

—Así que... —comenzó a decir Beth saliendo de la trastienda y limpiándose las manos en el delantal con el logotipo de la tienda—... esto parece amor. ¿Qué planes de boda tenéis?

—¿Tú también? —inquirió Lilly.

—Es privilegio de la novia decidir cómo va a ser la boda —dijo Nick—, pero ella no quiere fijar la fecha.

—¿Qué? —exigió saber Beth con ojos muy abiertos, atónita—. No estarás pensando en convertirte en madre soltera, ¿verdad?

Nick se cruzó de brazos. Lilly se ruborizó y se apartó el flequillo de la frente.

—Sobre todo después de que el Príncipe Encantado le haya contado a toda la ciudad que está deseando casarse contigo —añadió Beth.

—Gracias —dijo Nick sonriendo.

—No es el Príncipe Encantado —alegó Lilly.

—Muchas gracias.

—Tú cállate —ordenó Lilly que, tras mirar a Nick, se dirigió de nuevo a su hermana—. He venido aquí huyendo de todo eso.

—¿Contraviniendo las órdenes del médico? —inquirió Beth. Tendría que mandarle un regalo a Beth agradeciéndole su apoyo, pensó Nick–. Si te casaras pronto podrías llevar un vestido de novia normal en lugar de tener que encargar uno especial.

–No voy a llevar vestido de novia. Eso ya lo hice una vez, ¿recuerdas?

–Los errores no cuentan –alegó Beth–. ¿Cuándo quieres que vayamos de compras?

Lilly miró a Nick buscando su apoyo. Y él dio un paso adelante, interpretando el papel del Príncipe Encantado.

–Lilly puede casarse como le parezca –afirmó pensando en que la prefería sin nada.

–¿Y dónde está tu anillo? –preguntó Beth–. He visto antes a Jed, y me ha dicho que habíais comprado un conjunto nupcial muy bonito.

–Aún no lo he aceptado.

Nick vio el rubor subir a las mejillas de Lilly.

–Ya te lo enseñará, cuando esté preparada –la defendió.

–Y tú, ¿te compraste uno también?

–Bueno, eso pretendía.

Beth sonrió y luego arrastró a su hermana a sus brazos.

–Estoy preocupada por ti, ¿sabes?

Nick pasó el peso del cuerpo de una pierna a la otra. Él no tenía hermanos, ni familia. Había pasado casi toda su vida solo, exceptuando a Shane Masters, a Kurt y sus padres. Los lazos de amor que unían a Beth y a Lilly no le resultaban incómodos, pero le hacían sentirse como un extraño.

–Él no es Aaron –susurró Beth.

–Lo sé.

–Cuida bien de mi hermanita –rogó Beth mirando a Nick a los ojos–. Si no lo haces responderás ante mí.

–Ni se me ha pasado por la cabeza hacer lo contrario –repuso él con un gesto de la mano.

–Vete a casa. El médico ha dicho que tienes que descansar, no que trabajar –añadió Beth mientras su hermana comenzaba a salir de la tienda–. ¿Es que no se ha enterado aún ese novio tuyo?

–Es una persona muy fuerte –comentó Nick dirigiéndose a Lilly minutos más tarde, mientras la ayudaba a subir al coche.

–Sí, lo es –respondió Lilly sonriendo indulgente.

–Y, ya que estamos en la ciudad, ¿quieres que vayamos a comer?

–¿Comida?

–Toda la que quieras.

–Algún día puede que lamentes esas palabras.

–Prueba a ver –respondió Nick deslizándose tras el volante y girando la llave.

–Gracias. Por lo de hoy... por comprender. Sé... sé que esto te resulta frustrante.

–Lilly...

–No, espera –se apresuró ella a continuar–. Necesito decir esto. Tienes razón en todo, en lo de que nuestro hijo no debe de preocuparse por quién sea su padre... No es que yo fuera a dejar que eso ocurriera... Yo –Lilly lo miró a los ojos–... estoy lista.

Nick volvió a poner la palanca de cambios en punto muerto y echó el freno de mano.

–¿Lista?

–Para aceptar tu anillo y decirle a todo el mundo que vamos a casarnos –explicó ella mientras hacía un nudo en el asa de piel de su bolso.

La vida con Lilly sería muchas cosas, eso Nick lo sabía. Pero no sería aburrida. Trató de contener el entusiasmo, el sentimiento de posesión que lo embargaba y, tomándola de los hombros con ternura, prometió:

–No lo lamentarás.

Entonces Lilly se mordió el labio inferior y Nick, incapaz de resistirse, se inclinó muy cerca de ella decidido a llevarse consigo todo el dolor y la preocupación de su corazón. Y al diablo el que mirara.

Capítulo Siete

Columbine Crossing Courier
«En la ciudad», por la señorita Starr.

La señorita Starr se complace en anunciarles que nuestra querida Lillian Baldwin va a casarse nada menos que con el ranchero Nicholas Andrews.

La feliz pareja enlazará sus vidas el segundo fin de semana del mes de julio en una ceremonia privada. Nuestro querido reverendo Matthew Sheffield oficiará la ceremonia en el rancho de Nicholas.

Hasta pronto, mis queridos lectores. Esto ha sido todo por el momento.

–¡Trae mala suerte ver a la novia antes de la boda! –gritó Beth.

–Pero yo no soy un novio tradicional –gritó a su vez Nick a través de la puerta cerrada de la habitación de invitados.

–Cuando te conviene lo eres –replicó Lilly.

–Vamos, Lilly, un poco de compasión.

–¿Compasión? –repitió Lilly, cuya actitud se iba debilitando. Nick podía sentir su capitulación en el tono de voz–. ¿Compasión de qué?

–Estoy destrozado de los nervios aquí fuera.

Nick escuchó a las dos mujeres susurrar. Estaba muy tenso. Y desesperado por asegurarse de que ella no se iba a echar atrás en el último momento.

Las últimas dos semanas habían sido las más largas de su vida. Había luchado contra un miedo atroz a que ella le volviera la espalda ignorando las cosas que más le importaban, tal y como habían hecho su madre y Marcy. Y no le había servido de nada repetirse una y otra vez que Lilly era una mujer íntegra. La duda lo corroía.

Una semana antes de la boda Lilly se había trasladado a su casa y la había preparado para venderla. En realidad Nick se había estado citando con su futura esposa, habían visitado todos los restaurantes de la ciudad. Dos veces.

Lilly siempre llevaba puesto el anillo de compromiso, pero no había querido contestar a su pregunta de si lo llevaba también cuando no salían juntos.

Todo estaba listo para la boda. Se habían decidido por una ceremonia sencilla que oficiaría Matt Sheffield. Se casarían en casa de Nick, en el salón, lugar que, para sorpresa de él, le resultaba agradable a Lilly.

Kurt Majors sería el padrino, y la hermana de Lilly sería la dama de honor. Y sus únicos invitados serían los padres de Kurt, Shane Masters, Jessie Majors y los padres de Lilly, que por cierto le habían preguntado a Nick por sus intenciones cientos de veces de miles de formas diferentes antes de decidirse a bendecir la unión.

–Puedes hablar con ella –concedió Beth reacia, entornando la puerta–. Pero no puedes verla.

Nick trató de convencerse de que Lilly no estaba planeando huir, de que estaba en la habitación de invitados, y se conformó. La tela de su vestido crujió antes de que contestara, en voz muy baja:

–Estoy aquí.

–Tenía miedo de que te hubieras ido –confesó Nick con el corazón acelerado, admitiendo algo que no había planeado contarle ni siquiera a Kurt.

–¿Y eso lo dice Nick Andrews el duro?

–Quería darte algo antes de que nos casáramos.

–Nick...

–Abre la mano. Confía en mí –insistió él al verla vacilar.

Finalmente ella obedeció, y Nick vio que tenía las uñas pintadas de un tono de rosa pálido que le recordó, instantánea y dolorosamente, a la noche de aventura que ambos habían compartido. Aquel día ella había llevado las uñas de las manos y de los pies pintados...

Nick sintió un nudo en el estómago y se preguntó cómo iba a poder sobrevivir durante las horas siguientes.

Se sacó el viejo y gastado penique del bolsillo y lo puso en la palma de la mano de ella, cerrándosela después.

–Es lo único en lo que podía pensar –comentó sintiéndose ridículo por hablarle a una puerta y por darle aquel talismán–. Me lo encontré cuando tenía nueve años, y desde entonces ha sido mi amuleto de la suerte. Quiero que lo tengas tú.

La mano de Lilly desapareció. Nick hubiera deseado más que nada ver la expresión de su rostro. ¿Se reiría como hacía Marcy cada vez que trataba de expresar sus sentimientos?

–Nick, yo... no sé qué decir –él curvó los labios–. Estoy emocionada.

–¿Emocionada?

La puerta se abrió una pizca más.

–¡Lilly, no le dejes que te vea! –exclamó Beth.

Pero Lilly ignoró a su hermana y entornó la puerta otra fracción más. Los ojos de ambos se encontraron, y sus profundidades expresaron los sentimientos que las palabras nunca hubieran podido articular.

Nick volvió a respirar. Lilly no se estaba riendo de él. Más aún, parecía comprender cuánto significaba aquel sencillo regalo para él.

–Te prometo que lo cuidaré –Nick la creyó–. Gracias, Nick.

Nick sonrió, y toda la tensión que lo atenazaba se desvaneció.

Incapaz de resistirse, se llevó la mano de Lilly a los labios y la besó con un roce de los suyos. Incluso aquel sencillo contacto era suficiente para encender de nuevo la chispa de excitación de su interior.

–Eh, chico, el reverendo ya está listo –avisó Kurt tomando a Nick del hombro y haciéndole sentir de nuevo los nervios del momento–. Ya tendréis tiempo de besaros y hablar esta noche, después de la boda. Ahora tienes invitados, así que dile adiós.

–Adiós –musitó ella.

Antes de que él tuviera tiempo de responder Lilly sonrió y cerró la puerta.

–Le he dado mi penique de la suerte –comentó Nick.

–¡Entonces va en serio! –exclamó Kurt silbando.

–Y ella no se ha reído de mí.

–¿Pero de verdad creías que iba a hacerlo? –inquirió Kurt mirándolo serio, con dureza.

–¿Lilly? No.

–Eres un hombre de suerte. Una mujer tan hermosa como ella, enamorada de ti...

–¿Enamorada? –repitió Nick–. Ella no está enamorada de mí.

–Debes de estar bromeando.

–Esta boda es a causa del niño, no por ninguna otra razón.

Kurt musitó algo de que Alice Majors le hubiera mandado lavarse la boca con jabón y luego añadió:

–¿Y entonces por qué le has dado lo único que tiene algún sentido para ti?

–Porque... ¡ah, demonios, Kurt!, no le des una importancia que no tiene.

–Llámame después de la luna de miel. Tomaremos un par de copas y charlaremos sobre tu estupidez.

–No es ese el problema.

–Eres una mula cabezota –repuso Kurt–. No te enterarías de nada aunque lo tuvieras delante de las narices. Te llevaré abajo.

–No hace ninguna falta.

–Sí, te creo –sonrió Kurt.

Desde que se había casado con Jessie la actitud de Kurt era de protección hacia las mujeres. A Nick a veces incluso le costaba reconocer a su amigo. ¿Quién lo hubiera dicho de Kurt, precisamente? Eran los efectos del amor; el amor hacía a los hombres comportarse como estúpidos.

Pero Nick Andrews nunca volvería a comportarse como un estúpido.

Esa decisión, sin embargo, no impidió que el corazón de Nick latiera unas cuantas veces más deprisa de lo normal al bajar las escaleras y ver al párroco y a los invitados esperando en el salón.

–Es tu última oportunidad para cambiar de opinión –dijo Kurt en voz baja.

–Mi hijo llevará mi nombre.

–Me lo figuraba –respondió Kurt sonriendo y empujando a su amigo al salón.

Minutos más tarde, a una señal del reverendo Sheffield, Nick se volvió y vio a Beth bajar las escaleras. No pudo resistirse a levantar la cabeza para obtener un atisbo de Lilly.

Ella, de pie en el descansillo, no lo defraudó.

Más aún, lo dejó impresionado.

Sus ojos, enormes, verdes y luminosos, buscaron los de él. Expresaban sin palabras la enorme importancia que tenía aquel paso para ella. Nick asintió tratando de asegurarle que lo sabía y que no la defraudaría.

Entonces ella esbozó una sonrisa a medias y comenzó a descender lentamente, con una mano sobre la barandilla. En la mano que le quedaba libre llevaba el ramo hecho de distintas clases de flores que Nick había insistido en escoger. Habían discutido mucho sobre el tema, y no se habían puesto de acuerdo en cómo iba a resultar la mezcla. Pero al final él había ganado.

Nick había escogido heliotropos porque significaban devoción y fidelidad, estefanías, tal y como había sugerido Lilly, por la felicidad en el matrimonio, y violetas por la fidelidad. Y también había pedido que hubiera una flor que simbolizase el compromiso de ambos con su hijo. Lilly se había negado a llevar las tradicionales rosas rojas diciendo que su matrimonio no tenía nada que ver con el amor. Pero habían llegado a una solución de compromiso: habría rosas rosas. Lilly había asegurado que la mezcla no podía resultar bien, pero él se había obstinado en que sí.

Nick había sorprendido a Lilly pidiendo un ojal en la chaqueta y eligiendo una violeta en lugar de una hoja de hiedra en representación de su promesa de fidelidad.

Y por fin comprendía que había elegido bien.

Lilly llevaba una pequeña diadema con diminutos capullos. Nick hubiera deseado poder quitárselos del pelo para sustituirlos por sus manos.

El encaje y el satén rosa de su vestido, contrastaban con su piel cremosa, femenina y prometedora. Bajo la falda, que le llegaba por los tobillos, crecía su hijo. Nick sintió que el pulso se le aceleraba.

De pronto Nick sintió que la paciencia se le agotaba. Rompió el protocolo y abandonó su puesto, yendo a buscar a Lilly al pie de la escalera y ofreciéndole el brazo.

–Gracias –dijo ella mirándolo bajo aquellas larguísimas pestañas–. Gracias por venir a buscarme. El salón me parecía estar muy lejos.

–Lilly, yo siempre vendré a buscarte.

A pesar de llevar las flores en la mano Lilly acarició su mejilla. Aquello encendió el deseo de Nick. Después de aquel día ella le pertenecería. Lilly lo tocaría con más frecuencia, sabiendo que tenía derecho a hacerlo. Y él la tocaría a ella...

–Me gusta tu ojal.

–¿Aunque no vaya a juego con tu vestido?

–Como tú dijiste es más importante el significado que la tradición.

–¿Entonces admites que tenía razón?

Lilly se lamió el labio retirándose en parte el lápiz de labios de color rosa palo. Nick apenas podía esperar a besarla para quitarle el resto.

–Puede que tuvieras una buena idea –admitió ella.

–Todo el mundo puede tenerlas, de vez en cuando –sonrió él.

–El traje de etiqueta también fue una buena elección.

–Sí, dicen que me sienta bien.

–Pero tú no tienes mal aspecto ni con...

–¿Sí?

–Nada –repuso Lilly ruborizándose–. Estoy lista.

Lilly se agarró a Nick y ambos caminaron hacia la chimenea.

El corazón de Nick galopó a tal velocidad, llevado por sus emociones, que sus palabras sonaron vacilantes. Nick recitó sus promesas con la ayuda de Matt.

Pero no había ninguna promesa sobre el amor o la obediencia. Más aún, se prometieron el uno al otro darse libertad para ser quienes eran. Y ambos juraron mantener el honor y la fidelidad. Eso era lo importante en opinión de Nick.

Lilly repitió su juramento solemne, mirándolo a los ojos todo el tiempo. Y cuando él deslizó el anillo en su dedo no apartó la mano.

Entonces ella le ofreció a él un anillo sencillo, de oro, y cambiaron las tornas. Nick sintió la enormidad del compromiso que estaban contrayendo y reconoció que su nueva relación no sería como su primer matrimonio, en el que no habían confiado el uno en el otro. Aquella nueva relación no tenía pretensiones, pero sí exigía honestidad. Y él la haría funcionar pasara lo que pasara.

Matt los declaró marido y mujer, y luego añadió:

–Puedes besar a la novia.

Nick la besó.

No fue el beso acostumbrado que ella esperaba.

Nick se quitó el Stetson y la tomó en sus brazos, atrayéndola muy cerca, más cerca de lo que lo habían estado nunca desde aquella noche en la que él le había quitado la ropa prenda a prenda dejándola desnuda...

Sin importarles la gente que los rodeaba Lilly respondió a su beso poniéndose de puntillas y enlazando los brazos en torno al cuello de Nick. Y se rindió y lo buscó al mismo tiempo.

Kurt aplaudió, Beth gritó entusiasmada, los padres de Lilly suspiraron, Jessie se agarró las manos apretándoselas contra el pecho y Matt Sheffield sonrió indulgente mientras Shane se movía incómodo de un lado a otro.

Y cuando Lilly miró a Nick vio en él una media sonrisa que hubiera podido derretir el hielo.

No importaba que sintiera mariposas revoloteando en su cabeza, Lilly le devolvió la sonrisa. En aquel instante la vida era perfecta. Y no iba a dejar que nada le robara aquel sentimiento, ni siquiera su propias dudas.

Nick tardó media hora en arrinconarla contra la pared para preguntarle durante cuánto tiempo iba a tener que atender a los invitados.

–Pero si tú querías una ceremonia grande en una iglesia, ¿te acuerdas?

–Debía de estar loco. ¿Cuánto tiempo, Lilly?

Lilly se lamió los labios y miró hacia sus padres. Ellos ya le habían dado su bendición y la enhorabuena. Y había hablado bastante con los invitados...

–¿Ahora?

Nick la levantó en brazos con una sonrisa y la estrechó contra su pecho.

–¡Nick, suéltame! ¡Vas a hacerte daño en la espalda!

–Si me hago daño tú me darás un masaje.

Lilly lo agarró de la solapa mientras la llevaba en dirección a la puerta.

–¡Disfrutad de la comida y de la bebida! –exclamó Nick–. ¡Nosotros nos vamos de luna de miel!

Nick la sacó fuera, al vehículo que los esperaba, entre gritos de entusiasmo y buenos deseos. Alguien había decorado el coche con latas vacías, serpentinas y mensajes como «Recién Casados».

–Este es mi castigo por hacerle lo mismo a Kurt en el camión hace unos meses –musitó Nick tratando de abrir la puerta sin soltar a Lilly.

Habían decorado incluso el interior del vehículo con confeti y globos.

Por fin Nick consiguió abrir la puerta y ella limpió el asiento de confeti riendo por primera vez en tres meses. Desde que había descubierto que estaba embarazada había sentido cientos de emociones diferentes: júbilo, dudas sobre su propia capacidad... Un globo vagó por el aire y le dio en la cabeza. Era... divertido, maravillosamente gratificante.

Nick no la soltó a pesar de que ella se hubiera sentado.

–¿Qué es eso de la luna de miel? –preguntó ella.

–Sorpresa.

–¿Hablas en serio?

–Oh, sí.

–Pero si no llevo ropa.

–Te he recogido todo lo que vas a necesitar.

–¿Todo?

–Desodorante, pasta de dientes, champú, un bikini...

–¿Un bikini?

–Vas a necesitarlo –frunció Nick el ceño–. A menos que no te importe bañarte sin nada.

–¿Desnuda?

–Por mí bien.

–¿A pesar del embarazo?

–Señorita, no se me ocurre nada más sexy que eso.

Lilly se estremeció con una ilícita emoción. Si no tenía cuidado aquel hombre acabaría por robarle el corazón.

–¿A dónde vamos? –preguntó ella.

–A Hot Springs.

–No había estado allí desde que era un cría.

–Pues hoy vas a estar.

Nick le cerró la puerta y luchó contra los globos que se le venían encima mientras entraba en el coche por la otra puerta.

–¿Nick?

–¿Sí?

–No has mencionado si me has guardado algo de ropa o pijamas.

–¡Dios, sabía que se me olvidaba algo!

–¿Hablas en serio?

–No, es que me gusta ver cómo te ruborizas.

Lilly recogió unos cuantos globos y los ató. Luego se miró en el espejo retrovisor.

Recorrieron menos de una milla antes de que Nick

viera luces tras ellos y se detuviera. Bajó la ventanilla y un globo se escapó por ella eludiendo todos los intentos de Lilly de capturarlo. Salió volando y fue a dar justo contra la insignia del sheriff Spencer McCall. Una explosión resonó en el aire, y los trozos de goma cayeron al suelo.

–Lo siento –se disculpó Nick.

Lilly rio. Nick se volvió hacia ella luchando por no echarse a reír también. El ambiente era cálido. Aquel era un instante que Lilly nunca compartiría con otro hombre. Le gustara o no estaba comenzando a crear recuerdos con Nick, recuerdos de Nick. Y esos recuerdos sustituirían lentamente a los que guardaba de Aaron, que iban quedando atrás. Para Aaron nada de aquello hubiera resultado divertido.

Lilly veía cada vez con más claridad lo diferentes que eran ambos hombres.

–No me lo digas, no vas a volver a la partida de póker de los solteros nunca más –dijo Spencer sacándose el bloc de multas del bolsillo.

–No, a menos que Lilly se canse de que me quede en casa.

–Lo siento, Spence, tendrás que buscarte a otro.

–Primero Kurt, y ahora tú –sacudió la cabeza Spencer–. ¿Pero qué está pasando en esta ciudad? Bueno, mientras siga teniendo a Shane aún hay esperanzas.

–Creo que con él estás a salvo –repuso Nick.

–Solo quería daros la enhorabuena. Ah, y guardad esos globos bien, que no se pongan delante de los espejos. No quisiera que os distrajerais conduciendo.

–Sí, sheriff McCall.

Spencer los saludó con el sombrero, se guardó el bloc de multas y se dirigió de nuevo a su vehículo.

–¿Y ahora qué? –preguntó Lilly a punto de reír.

Enseguida se enteró.

El centro de recreo de Hot Springs celebraba las navidades en el mes de julio. Tom y Gwen Morgan habían decorado el vestíbulo y los restaurantes con árboles y luces, y había una colorida colección de regalos bien envueltos a los pies de los pinos.

Sonaban villancicos por los altavoces escondidos en todas las esquinas, y la fragancia a pino y potpourri llenaba el aire. Velas encendidas brillaban sobre palmatorias de plata, haciendo que aquella luna de miel pareciera verdaderamente una celebración.

–Esto es fabuloso –dijo Lilly.

–Espero que lo sea tanto como salir de la ciudad unos días.

–Mejor incluso –confirmó Lilly sintiendo la magia de la estación de la Navidad a pesar del tiempo que faltaba.

–Tendremos que mimar mucho al niño en la mañana del día de Navidad.

–Nunca soñaría con hacer ninguna otra cosa.

Lilly se echó a reír cuando Nick la tomó en brazos. Gwen se apresuró a abrirles la puerta principal y, deseándoles lo mejor, desapareció para que Nick pudiera atravesar el umbral a solas con la novia.

Nick hizo una pausa delante de la puerta y besó a Lilly mirándola de un modo que la hizo sentirse especial. Luego ella cerró la puerta con el pulso acelerado.

Había un montón de plumas rosas en el centro de la cama de la suite nupcial.

–¿Plumas?

–Número veintiuno –confirmó él.

–¿Número veintiuno?

–¿Recuerdas el artículo de la revista? Pensé que podríamos intentarlo.

Recordaba aquel comentario sobre el número veintiuno. Tenía relación con una pluma, con los pies, y con el hombre moviendo la pluma hacia arriba lentamente, haciendo círculos...

–El número setenta y tres también parecía bueno –continuó Nick. Lilly apartó la mirada de las plumas–. Se hace con agua hasta la cintura.

–¿Con agua hasta la cintura?

–Te gusta el agua, ¿no?

–Sí, pero...

–Tenemos nuestro jacuzzi privado nada más salir

de la habitación. Y para el número setenta y tres no te va a hacer falta traje de baño.

Nick abrió las cortinas y le mostró el patio amurallado con paredes de adobe. En él había una bañera redonda, y del agua salía vapor en oleadas hacia el cielo. Había flores a lo largo de las paredes. Dos enormes árboles de hoja perenne decorados con luces blancas que lucían incluso a pesar de los rayos del sol hacían honor a la Navidad.

–Nick, es precioso.

–¿Te gusta? ¿Te sientes bien?

–Oh, sí –perdida ante la vista de Eagle's Peak, que se elevaba nublada en la distancia, Lilly añadió, sin darse cuenta–. Y nerviosa.

Nick puso las manos sobre sus hombros y la hizo volverse hacia él.

–Haremos las cosas a tu paso. Si no quieres hacer el amor esta noche no lo haremos, Lilly.

–¿Y mañana por la noche?

–Lilly, haremos el amor cuando tú quieras.

–Pero...

–Escúchame –la interrumpió él–. Quiero hacerle el amor a mi mujer, quiero que sepas que eres mi mujer en todos los sentidos de la palabra.

Nick bajó la mirada. Lentamente fue contemplando todo su cuerpo, desde los ojos hasta las puntas de los pies. Y sin ni siquiera tocarla Lilly volvió a sentir aquel calor interior, un sentimiento que su ex marido no había sabido inspirarle.

–Pero no voy a hacer nada que no quieras hacer –continuó Nick–. Sé que no quieres perder el control, pero aún quiero demostrarte que puedes darte a mí sin perderte tal y como te perdiste con Aaron. Y te diré una cosa, Lilly... no voy a hacerte el amor hasta que tú no me lo pidas.

Un ardiente estremecimiento recorrió la espalda de Lilly.

–¿Y si no te lo pido?

–Eres apasionada y generosa. Me lo pedirás, Lilly. Me lo pedirás –Lilly sintió un nuevo estremecimiento.

Sabía que Nick tenía razón–. Antes me tocaste, en la mejilla. Así –añadió tomándola de la muñeca y acercándole la mano a la cara. Lilly le acarició la mandíbula sintiendo la sutil barba naciente–. Y ahora siente esto.

Lilly jadeó, pero él solo movió su mano hasta ponérsela sobre el pecho, bajo la chaqueta, presionando su palma para que sintiera el ritmo de los latidos de su corazón.

–Solo con ese roce mira lo que me haces.

–Estás de broma.

–No, señorita, no estoy de broma. Y tu voz...

–¿Mi voz? Pero si me han dicho que suena a mujer mayor.

Nick se echó a reír.

–Más bien a la de un ángel ofreciéndome un pedazo de cielo.

–Te estás burlando.

–¿Lo crees? –inquirió Nick presionando su mano con más fuerza contra el pecho–. ¿Y entonces por qué sigo respondiendo así?

Unos golpes en la puerta salvaron a Lilly de responder.

–¡Servicio de habitaciones!

–Enseguida vuelvo.

Nick le dio una propina al camarero y volvió al lado de Lilly con una botella de champán en una cubitera y dos copas.

–No puedo beber –se excusó ella.

–Este champán no tiene alcohol.

–¿Piensas en todo?

–Eso procuro.

Lilly estaba cayendo en la trampa, de eso no cabía duda. Cuando Nick se lo proponía podía resultar encantador. Él había gozado de aquella primera noche en la que ella había perdido el sentido.

Pero no podía consentir que eso volviera a suceder.

Lilly recapacitó y supo que no podía detener lo que ocurría en su interior...

Nick se quitó la chaqueta y la dejó doblada sobre el

respaldo de la silla, luego se soltó el nudo de la corbata y la dejó colgando sobre el pecho. Por último se desabrochó los puños de la camisa y se remangó, dejando al desnudo los antebrazos y el vello negro.

Lilly no pudo apartar la mirada.

Nick descorchó la botella y sirvió dos copas, ofreciéndole una. Luego levantó la copa en su dirección.

—Por nosotros... por los tres.

Lilly chocó su copa contra la de él y dio un sorbo. Para ella no tenía importancia que el champán no tuviera alcohol. Estaba nerviosa y agitada, vibrante en su interior.

En la boda de Kurt y Jessie había culpado al alcohol de su reacción ante Nick. Pero por fin comprendía que no había sido así.

Nick se acercó a la cama y se sentó en ella, echando las plumas a un lado.

—Ven aquí.

Lilly sintió que las rodillas le flojeaban.

Él esperó sin decir nada.

Pasaron unos instantes eternos.

Por fin él la miró serio, con los ojos sinceros y muy abiertos.

—Ya te he dicho que vas a tener que rogarme que te haga el amor.

—¿Rogártelo?

—Rogármelo —confirmó Nick con aquel tono de voz masculino que la hacía estremecerse.

—Eso no ocurrirá.

—¿Quieres apostar?

Nick podía ser su ruina si seguía de ese humor, pensó Lilly. No iba a poder resistirse.

—Ven aquí —repitió él. Lilly vaciló—. Y tráete tu bebida —añadió él cuando la vio a punto de dejarla sobre el tocador.

Lilly se sentó junto a él con las piernas cruzadas. No podía olvidar las plumas. Las veía por el rabillo del ojo, eran un recuerdo constante de lo que él deseaba hacer...

—Eres una novia muy hermosa.

Lilly lo miró y se echó a reír.

–Otra vez empiezas con tus ridículas afirmaciones.

–No son afirmaciones ridículas.

Lilly olvidó respirar.

Nick frunció el ceño.

Estaba hablando en serio. Dios la ayudara, porque nunca ningún hombre le había dicho que fuera hermosa.

Nick rozó su nariz con el dedo.

–Perfecta –Lilly trató de reír, pero no tenía aire–. Y tus labios... –continuó él con la exploración–... tienen una forma perfecta.

–Gracias al lápiz de labios y al perfilador.

–He besado y borrado esa pintura antes, Lilly. No puedes engañarme. Conozco todos y cada uno de tus secretos, los he visto al desnudo.

–Así que también conoces mis defectos.

–Sí, como por ejemplo el hecho de que aún no me hayas rogado que te haga el amor.

La tensión pareció aumentar en la habitación.

–Te lo he dicho, eso no va a ocurrir.

–Sí, me lo has dicho. Y tu cuello...

–Es un cuello normal y corriente –protestó Lilly agarrando la copa de cristal con más fuerza.

–En eso te equivocas.

–Muerdo.

–Ojalá.

La tensión volvió a acrecentarse.

–¿Recuerdas cómo he sostenido tu mano sobre mi corazón? –inquirió Nick.

Lilly asintió, incapaz de olvidarlo.

Nick acarició su cuello con los dedos. Ella echó la cabeza a un lado en contra de su voluntad.

Entonces Nick hizo una pausa y puso un dedo sobre su vena temblorosa.

–Sé... –dijo en voz baja, inclinándose para recogerle el pelo con la mano libre–... sé si a ti te afecta también.

Lilly volvió la cabeza hacia adelante. Las miradas de ambos se encontraron.

–Sé si esto... –Nick besó su mentón–... y esto... –añadió rozando los nudillos contra los labios de Lilly. Ella abrió la boca. Estaba perdida. El suave contacto de sus dedos sobre el pulso, en el cuello, le calentaba la piel. Lilly cerró los ojos–... o quizá esto...

Nick inclinó la cabeza y besó la base de su cuello.

Ella se estremeció y el champán se agitó en la copa.

Entonces, con un susurro, Nick deslizó las manos por la parte de delante de su vestido. Lilly abrió los ojos y vio que los de él estaban cautivos. Aquello no era un juego para él. Estaba hablando en serio, lo hacía deliberadamente, y ella estaba perdiendo el control y adentrándose en terrenos peligrosos.

–Es un cuello precioso –continuó Nick–. Muy bonito. Y esos capullos de flores en tu pelo... son bonitos. ¿Puedo quitártelos? –Lilly sintió que su mente vagaba–. ¿Puedo?

–Sí.

Nick no esperó una segunda invitación.

Las horquillas cayeron sonoramente sobre la colcha, seguidas de la diadema que había confeccionado Beth.

–Mucho mejor –dijo él con un gesto de aprobación, peinándole el cabello con las manos y dejándole unos mechones sueltos alrededor del rostro–. Es salvaje.

–Yo no soy salvaje.

–Sí, lo eres.

–Soy corriente, nor...

–Cualquier cosa menos eso –la corrigió él.

Nick estaba muy cerca, a escasos centímetros. Su fragancia a noches de montaña y pasión la embargaba. Era una combinación que jugaba con sus sentidos femeninos causándole estragos.

Nick la atrajo más cerca y rodeó su rostro con las manos.

–Hermosa, sin ninguna duda.

En aquel momento, por primera vez en su vida, Lilly creyó en sus palabras, creyó en él... Creyó que tenía un efecto sobre él, sobre el hombre soltero por el que se habían interesado casi todas las mujeres de la ciudad.

En esos instantes no sentía que aquel matrimonio fuera un compromiso no deseado, que ella fuera una carga para él.

Sin embargo también trató de recordar que si no hubiera sido por el bebé nunca habría vuelto a ver a Nick. Aquel era un matrimonio de conveniencia, nada más.

Y no obstante una parte de sí insistía en que él la miraba como si la deseara a ella, no a cualquier otra mujer. A ella.

¿No era la disponibilidad para practicar el sexo una de las razones principales por la que se casaban los hombres? En ese tema Nick había dejado bien claro que él no era diferente.

Y a pesar de todo él había dicho que si hacían el amor sería bajo sus condiciones.

Cientos, miles de conflictos acudieron a su mente.

—Me gusta este vestido —dijo Nick.

—No quería llevar un vestido blanco.

—Elegiste perfectamente. Recuerdo que en la boda de Kurt y Jessie llevabas un vestido negro muy sexy con la espalda al descubierto.

—Acababa de comprármelo. Nunca antes me había puesto nada parecido.

—Era perfecto. Y debajo, aparte de los pantys, no llevabas mucho más.

—¡Nick!

—Eso me obliga a preguntarme...

—Qué llevo debajo de este —lo interrumpió Lilly.

—Sí.

¿Quién era la encantadora mujer que bromeaba con Nick?, se preguntó Lilly. Ella nunca había bromeado de esa forma con un hombre, nunca se había entretenido en conversaciones de índole sexual.

—Sí... así que... ¿vas a decírmelo, o quieres que lo adivine? —Lilly sintió que sus nervios iban a estallar—. Lo adivinaré —confirmó Nick segundos más tarde—. Dame tu copa.

–¿Mi copa?

–Sí, no quiero que la derrames.

Nick se levantó de la cama haciéndola tambalearse como siempre. Recogió las almohadas y las apiló contra el cabecero de la cama.

–¿Y qué tiene que ver esto con lo que vas a adivinar?

–Espera y lo verás. Bien, sube –rogó Nick ofreciéndole la mano para ayudarla. Unos segundos más tarde ella se recostaba cómodamente sobre la cama–. Los zapatos.

–¿Qué pasa con los zapatos? –inquirió Lilly.

–Te los tienes que quitar.

Lilly respiró hondo mientras Nick le quitaba el primer zapato. Entonces se le cayó el penique de la suerte, y él lo dejó sobre la colcha.

–Quería tenerlo –explicó ella–. Para que me diera suerte. Nick le quitó el otro zapato y lo dejó en el suelo, junto al primero–. ¿Qué haces? –Nick no contestó, pero rodó por la cama y se puso los pies de ella sobre el regazo–. ¡Estás mirando!

–No, eso sería trampa –respondió Nick comenzando a acariciar sus pies.

–Tienes toda la noche para dejar de hacer eso.

–Sería más fácil si te quitaras las medias.

–No voy a desvestirme para ti.

–Bueno, merecía la pena el intento. Blanca –apostó Nick.

–¿Blanca?

–Tu ropa interior. De algodón. Con braguitas hasta el ombligo –Lilly rió–. Negra.

–¿Debajo de un vestido rosa?

–Es cierto. Entonces roja.

–Se notaría también –sacudió ella la cabeza.

–Beige.

Lilly se incorporó apoyándose sobre los codos para mirarlo.

–¿Beige?

–En la boda de Kurt y Jessie llevabas la ropa interior a juego con el vestido, así que es probable que hoy, en tu boda, hayas hecho lo mismo. Tiene que ser rosa, Lilly –ella se dejó caer de nuevo sobre las almohadas–. Así que dime, las braguitas, ¿son de algodón? He oído decir que el algodón es la tela más atractiva de todas.

Lilly no había tratado de relajarse. No quería. Pero estaba relajada.

–Así que lo has oído decir, ¿eh?

–Lo he leído en tu revista.

–¿Y qué otras cosas has leído? –inquirió Lilly.

–He leído que en el próximo número habrá un artículo sobre las ciento cincuenta maneras de volver loca a una mujer en la cama –Lilly pensó que acariciarle los pies debía de ser la primera de ellas–. Y he pensado que deberías de suscribirte a esa revista.

–Nick, me parece que no te hace ninguna falta.

–¿No? –inquirió Nick dejando de acariciarla por un momento. No era eso lo que ella había querido decir–. ¿Qué fue lo que más te gustó de aquella noche, Lilly? –Lilly sintió un vuelco en el corazón–. Si me dijeras qué es lo que te causa más placer yo lo haría –insistió Nick. Lilly se veía arrastrada por el mar de su propia sensualidad–. Satén. Tus braguitas. ¿Son de satén?

–Sí.

La respuesta de Nick fue un gemido grave, profundo y sexy. Lilly se estremeció.

–Cuéntame algo sobre tu sujetador. ¿Te cubre todo el pecho?

–Es de media copa.

–¿Y eso qué quiere decir?

–Que apenas cubre...

Lilly hubiera deseado tener la copa de champán en la mano, tener algo a lo que agarrarse.

–¿Los pezones? –terminó Nick la frase por ella.

Lilly sintió que se le hinchaban de inmediato los pechos y que los pezones se le endurecían, presionando contra la tela del sujetador.

–Exacto.

Nick comenzó a acariciarle el pie de nuevo, pero

Lilly sintió la tensión que agarrotaba sus piernas, que se ocultaba tras sus palabras.

—Entonces, ¿es de encaje?

—Sí.

—Quizá esto no haya sido tan buena idea —dijo entonces él en tono áspero—. Te dije que no había en ti nada de aburrido o de serio, Lilly. Bajo ese cuerpo hay una mujer que desea experimentarlo todo en la vida: todo. Lo demostraste en la boda de Kurt y Jessie.

Nick intuía demasiadas cosas. Quizá fuera esa una de las razones por las que él la asustaba. Nick continuó haciéndole aquellas increíbles caricias, pero comenzó a hacérselas un poco más arriba, a la altura de los tobillos y luego de las pantorrillas. La piel de sus manos endurecidas por el trabajo se enganchaba con la seda de las medias.

—Lo siento.

—Tenías razón, debería de habérmelas quitado.

—Aún puedes quitártelas —sugirió Nick.

—Nick...

—Quisiera que te relajaras, quisiera darte un masaje en los hombros, en la espalda. Pero no quiero presionarte, Lilly. Iremos a tu ritmo.

Sin embargo Nick le estaba pidiendo mucho más, eso lo sabía. Y no sabía si podría parar si comenzaba a desvestirse para él...

—¿Hablabas en serio cuando dijiste que tendría que rogar?

Nick la miró deliberadamente, como si tratara de leer en su rostro la respuesta que ella deseaba escuchar.

—No, nunca te haré rogarme nada.

—¿Y entonces...?

—Tendrás que hacérmelo comprender, Lilly —explicó él agarrándola de la pierna—. Puede que sea una de las cosas más difíciles que haya hecho nunca, pero te juro que a menos que tú me lo pidas, a menos que me digas que sí o asientas, no te haré el amor.

Tener aquel poder resultaba a un tiempo aterrador y emocionante. Tenía que responsabilizarse de sus propios actos, no podía alegar que se había visto llevada por la locura, que no había podido ni pensar. Eso ya lo había hecho una vez, y era evidente que Nick no deseaba que ella huyera de nuevo.

–Si me quito las medias, ¿prometes no mirar?

–Lilly, me estás tentando. Está bien, volveré la cabeza –añadió mientras sus palabras resonaban y una vena pulsaba en su mentón.

Lilly se deslizó de la cama, se quitó las medias de seda y las dejó caer al suelo junto a los zapatos.

–¿Llevas braguitas?

–Sí.

–Entonces puedes quitarte también la falda –Lilly suspiró, y Nick añadió–: Escucha, yo estaré completamente vestido. No puede ser muy peligroso.

Lo sería. Terriblemente. Y ella lo sabía.

Sin embargo la idea de un masaje la tentaba. Le habían dado uno en una ocasión, y estuvo a punto de derretirse. Y aquel hombre era su marido. Si él se ofrecía a darle un masaje no iba a ser tan estúpida como para rechazarlo. Envalentonada, Lilly se quitó la falda antes de cambiar de opinión y se desabrochó los botones de la camisa de manga larga, una combinación de satén y encaje muy femenino. Se quedó en braguitas y camisa, cosa que, desde luego, no era una gran protección...

Y después se unió a él en la cama. El pulso se le aceleró al escuchar la respiración entrecortada de Nick.

–Encantadora –murmuró él aprobador. Lilly tomó un almohadón y lo apretó contra su pecho–. Date la vuelta.

Lilly lo hizo y sintió el contacto de sus manos, la forma en que trabajaba con sus músculos. Después de un par de minutos se le olvidó que estaba nerviosa. Era fácil imaginar que él no la amenazaba.

Pero ese sentimiento desapareció cuando él deslizó las manos por la cara interior de sus muslos y comenzó a darle un masaje en el trasero.

Calor, nada que tuviera relación alguna con el relax, eso fue lo que sintió por todo el cuerpo, que se tensó en su interior.

—Relájate —susurró él como leyendo su mente.

Pero era demasiado tarde. Lilly había sentido su contacto, recordaba sus reacciones a ese contacto, deseaba ese contacto.

Y se quedó helada. Sus pezones eran como picos tensos, los pechos le pesaban, tenía un nudo en el estómago de tanto pensar en lo que iba a suceder. Porque lo deseaba. Deseaba a Nick tanto como deseaba no desearlo.

—¿Lilly?

Su primera vez con Nick había sido una aventura de una noche, y la respuesta de su cuerpo no había sido algo habitual en ella. ¿Por qué, entonces, sentía aquella necesidad de abrazarlo, de pedirle que le hiciera el amor?

—¿Quieres que me pare? —inquirió Nick.

—No. Sí.

—Date la vuelta. Mírame —Lilly se volvió reacia—. Háblame.

—Estoy... —«muriéndome de vergüenza», hubiera querido decir.

Todo aquello era la culminación de muchas cosas: de la gentileza de Nick, de su intensidad, de su paciencia, de sus caricias... Se trataba de algo mucho más importante que el sexo.

—¿Lilly?

—No puedo pedírtelo —murmuró ella.

El silencio, solo interrumpido por sus respiraciones rápidas y entrecortadas, llenó la habitación.

—¿Qué dices? ¿Que quieres que deje de tocarte?

—No.

—Lilly, no he hecho esto para excitarte y así poder tener sexo contigo.

—Lo sé. Es que sencillamente no sabía que pudiera... es decir... —Lilly trató de bajar la cabeza, pero él la sujetaba de la barbilla—. Realmente quiero hacer el amor.

—Lilly, soy una persona de carne y hueso —dijo Nick

frunciendo el ceño–. Y lo que acabas de decirme me está excitando. Mucho. Si quieres hacer el amor dímelo.

Lilly se dijo entonces en silencio que hacía aquello en beneficio de su matrimonio y se lamió los labios.

–¿Eso es un sí? –inquirió él con manos temblorosas.

Nick no la dejaba huir. Ella sabía lo importante que era su respuesta para los dos... Lo miró a los ojos intensamente y contestó, con sinceridad:

–Sí.

La mirada que Nick le dirigió entonces, junto a su lenta y excitante sonrisa, le contrajo el corazón.

–Mira lo que me has hecho –dijo Nick.

En aquella ocasión Nick no posó la mano de Lilly sobre su pecho, sino más abajo de la cintura, donde ella pudo sentirlo estallando contra su mano.

Nick la deseaba. Aquel descubrimiento le hizo sentir una oleada de poder. Nunca había experimentado nada semejante, ni nunca había imaginado que pudiera ser capaz de sentir el sexo como algo distinto de una obligación.

Nick le soltó la barbilla y se levantó. Y entonces tiró de ella para que se pusiera en pie, deslizando lentamente la mano hacia abajo para rozar la punta de su pecho a través de la camisa.

Lilly exhaló el escaso aire que le quedaba en los pulmones y alzó la mano hasta la corbata de Nick, agarrándola de un lado y tirando de ella hasta que cayó al suelo.

–Será un placer –contestó él tirando del borde de la camisa de Lilly para quitársela...

Capítulo Ocho

Lilly jadeó cuando él dejó caer su camisa al suelo con un murmullo de seda sobre la alfombra. Y él estuvo a punto de hacer lo mismo al verla a ella. Estaba muy excitado, pero tenía que esperar. Aunque fuera lo más duro que hubiera tenido que hacer jamás.

Lilly levantó las manos para taparse, pero él la agarró.

–No –ella, reacia, elevó la vista hacia él buscando seguridad–. Quiero verte, entera.

–Pero...

–No es nada que no hayamos hecho antes.

–Pero no así –alegó Lilly.

–No quiero que te escondas bajo las sábanas o que apagues las luces.

–Es de día –replicó ella sonriendo.

–Es la misma idea –contraatacó Nick–. ¿Es eso lo que deseas, esconderte? –preguntó sosteniendo sus muñecas con una mano y levantándole la barbilla con un dedo–. ¿Igual que antes? –Lilly cerró los ojos–. No me dejes fuera, Lilly.

–No... –admitió ella al fin–, no es eso lo que quiero.

–Entonces déjame que te vea, que te toque, que te saboree...

Tras un estremecimiento Lilly se esforzó por relajarse. Nick le soltó las muñecas y ella dejó caer los brazos a los lados.

–Encaje –comentó él con un gesto de aprobación.

El sujetador de media copa le sostenía los pechos resaltando la cremosa piel. A través de la fina tela rosa Nick pudo atisbar sus pezones. Estaba excitada, igual que él...

Nick tragó.

Suavemente retiró el encaje de uno de sus pechos, escuchándola gemir. Lilly estaba muy sensible, más aún que la última vez que habían estado juntos.

–¿Quieres quitarte el sujetador para mí?

Lentamente, sin decir palabra, Lilly alzó los brazos y alcanzó el broche.

Nick la observaba, se regodeaba admirándola.

Lilly dejó caer la prenda.

Y Nick la admiró cuando ella elevó el mentón y sacudió la cabeza retirándose el pelo de la cara y encontrándose con su mirada.

Sin embargo Nick no pudo sostenerla más de un segundo: tenía que explorar su cuerpo.

–Tienes los pechos hinchados –Lilly se mordió los labios–. Es encantador. Y el área alrededor de tus pezones está más oscura.

–Sí.

Nick abrazó sus pechos con las palmas de las manos y rozó sus puntas con los dedos. Lilly echó la cabeza a un lado, y una cascada de pelo castaño cayó por su nuca.

Entonces Nick reemplazó los dedos por el roce de su boca, y Lilly gimió en voz baja. Pero después atrajo uno de aquellos picos y lo succionó.

Lilly se agarró a él, sus dedos escarbaron en los omoplatos de Nick aferrándose a su camisa. Aquello ya no era suficiente.

–Quiero que te desnudes para mí –rogó él con voz áspera.

Los dedos de Nick se mostraron torpes, se revolvieron a tientas tratando de desvestirla, deslizándole la ropa por las caderas y los muslos hacia abajo. Ella se liberó de la prenda de una patada y volvió a él.

–Espera, déjame verte –dijo él.

Ella obedeció.

Nick comenzó a contemplarla por abajo y subió lentamente todo el camino hacia arriba, observando la curva de sus caderas y la leve hinchazón de su vientre. Contempló sus pechos, la forma en que sus aureolas se habían oscurecido y sus pezones agrandado.

Pero de improviso mirar dejó de ser suficiente y comenzó a tocar, poniendo las manos sobre su abdomen y sintiendo...

Cuando las rodillas le fallaron Nick deslizó un brazo por debajo de sus piernas y la llevó a la cama.

Aquella noche más que cualquier otra Nick deseaba ser un experto seductor. Había tenido paciencia la primera vez, quizá porque ella se había escondido bajo las sábanas y Nick no la había visto de pie, orgullosa delante de él, ni había observado sus reacciones que expresaban que estaba excitada y lista para él.

En lugar de ello Lilly había dejado la luz apagada, y Nick había echado mano de toda su habilidad para complacerla, pensando en ella y solo en ella.

–Esto no es justo –protestó Lilly–. Tú estás aún completamente vestido.

–Me ocuparé de eso inmediatamente.

Lilly rio sofocadamente y tiró de la colcha y de las sábanas echándolas a un lado sin dejar de observarlo.

Nick necesitaba estar dentro de ella.

Y era una necesidad urgente.

Segundos más tarde Lilly se precipitó sobre la cama y él se unió a ella.

La luz del día penetraba a través de las cortinas echadas. Tal y como él deseaba no había secretos entre ellos dos. Aquella no era la aventura de una noche. Y tenía que estar bien.

–Eres perfecta –dijo él–. Simplemente disfruta...

Apoyado sobre un codo Nick comenzó a acariciarle el interior de la pantorrilla subiendo un poquito en cada caricia, acercándose a la rodilla. Lilly mantuvo las piernas juntas, el sonido de su respiración le llenaba los oídos. No era lento, sino entrecortado. Ni relajado, sino más bien tenso.

–A tu ritmo –le recordó él–. No haré nada hasta que tú no estés preparada.

Lilly abrió las piernas lentamente. Él continuó con sus caricias y entonces, al llegar al punto en el que se unían sus muslos, ella volvió a tensarse y enterró los talones en el colchón, apretando el trasero.

El ritmo de Lilly iba a destrozarlo.

–¡Nick!

A pesar de que lo había prometido Nick introdujo lentamente un dedo en el centro de su ser. Lilly se estremeció.

–Dime, Lilly. Dime que me pare o dime que continúe.

Lilly apretó los puños a los lados.

–Acaba de una vez.

–No –dijo él–. No funciona así. Conmigo no. Quiero que estés excitada y deseosa.

–Pero... –tragó Lilly.

–Ese es el trato. No vas a sacrificarte por mí –explicó Nick moviendo la mano sutilmente, manteniendo cierta presión en aquella zona–. Yo no soy tu ex marido –continuó negándose a pronunciar su nombre–. Ni esta es una obligación que tengas que cumplir. Se trata de sentir placer. Yo, pero tú también. Y quiero que me digas cómo lo quieres. No voy a dejarte escapar ni huir de mí. Ni de ti misma. ¿Te gusta esto?

Lilly gimió. Unos segundos más tarde Nick se detuvo.

Lilly hundió los talones en el colchón más profundamente, pero no porque estuviera tensa, sino buscando su contacto. Nick deseaba que estuviera más que hambrienta, voraz.

–Dime lo que quieres –continuó él mirándola, observando que aún tenía los pezones tensos y que su labio inferior estaba hinchado de tanto mordérselo.

–Eso me gustaba.

–¿El qué?

–¡Nick!

–Dímelo, Lilly.

–Ya sabes... eso –Nick no se movió–. La forma en que me tocabas.

–¿Te refieres a esto? –inquirió él introduciendo de nuevo un dedo en su interior, por fin húmedo.

–¡Sí!

–¿Más deprisa? ¿Más despacio? ¿Con más suavidad? ¿Con más fuerza? ¿Cómo?

Al ver que Lilly no respondía Nick volvió a detenerse. Entonces Lilly, por primera vez desde que él la conocía, musitó un juramento. Nick sonrió. Ella estaba perdiendo su adorado control, y eso le gustaba.

–Más fuerte –susurró Lilly.

Poco a poco Nick fue incrementando la presión sobre ella y rozándola, sintiéndola, acariciándola con un dedo que se deslizaba en su humedad interior.

Cuando ella comenzó a menearse con rapidez bajo él y su respiración se hizo entrecortada Nick se apartó, abrazando con la palma de la mano uno de sus pechos y cerrando la boca entorno a su pezón.

Lilly levantó las caderas y gritó su nombre.

Nick hubiera podido poseerla en ese momento y lo sabía, pero deseaba hacerla esperar un poco más. Cuando ella se entregara tendría que ser de un modo total, por completo.

Quería que supiera que le pertenecía.

Esa idea lo sobresaltó. Era una idea que se presentaba con intensidad, pero también era una idea no deseada, que le retorcía el corazón. Lilly llevaba a su bebé en las entrañas, y eso era todo. Al menos era todo lo que él deseaba...

Nick se volvió hacia el otro pecho y comenzó a hacer con él exactamente lo mismo. Mordisqueó su pezón con suavidad.

–¡Ahora! –exclamó Lilly agarrándolo–. Ahora, Nick. Hazme el amor. Quiero tenerte dentro de mí.

Una tremenda necesidad física lo embargó. La urgencia de Lilly se apoderó de él. Nick se colocó entre sus piernas y la penetró profundamente, con una sola y suave embestida.

Lilly estaba húmeda, tal y como él deseaba. Y lo recibía con una bienvenida tal y como esperaba.

Lilly puso las manos sobre su espalda y lo presionó, y Nick comenzó a moverse sintiéndola tensa a su alrededor, gobernando la respuesta que tan desesperadamente había tenido que reprimir.

Las embestidas de Nick se intensificaron, y Lilly comenzó a respirar trabajosamente.

Nick centró la atención en ella, en su esposa, y le besó la frente susurrando palabras tiernas. Era algo que no había hecho nunca, nunca en la vida. Se hundió profundamente en ella y Lilly levantó las caderas, gimiendo tal y como había hecho aquella primera noche.

Nick sintió que lo embargaba la gratitud por aquella entrega, y llegó al clímax.

Segundos más tarde estaba extenuado.

Pero era mucho más que eso, y él lo sabía. Se trataba, además, de un alivio emocional.

Aquel acto de amor iba a ser un paso crucial en su vida matrimonial.

Lentamente la respiración de Nick fue haciéndose normal. Había hecho un enorme esfuerzo, y le pesaba. La dulce fragancia de Lilly lo llenaba.

Nick se giró de modo que ella quedara sobre él. Entonces Lilly dijo en voz baja.

–Hablabas en serio. No me penetraste hasta que no te lo rogué.

–Quería que lo desearas tanto como yo.

–Y así ha sido.

Lilly tenía el pelo sobre la cara, pero Nick no quiso apartárselo para no interrumpir lo que estaba diciendo. Sin embargo ella calló.

–¿Sorprendida?

–En la boda de Kurt y Jessie te deseaba, pero nunca había estado tan... no sé... tan excitada como para pedirle a un hombre que me hiciera el amor.

Entonces Nick le retiró el pelo de la cara y la miró directamente a los ojos.

–Eres mi mujer, Lilly. Todo lo que quieras es tuyo –ella se estremeció–. Yo lo que quiero es descubrirte.

–Acabas de hacerlo –rio Lilly.

–¡Va!, solo ha sido un modo de excitarte. Quisiera conocer una docena más.

–¿Una docena? –repitió ella atónita, abriendo la boca.

–Por lo menos –respondió él metiendo un dedo dentro y presionando su lengua.

111

Lilly abrió enormemente los ojos y cerró los labios. Y comenzó a succionar.

Y entonces Nick supuso que ella acababa de descubrir la primera forma de excitarlo a él.

—¿Tienes hambre? —Lilly abrazó una almohada y asintió—. ¿Otra vez?

—Sí.

—Yo también —contestó Nick tirando de ella.

—Pero de comida, Nick, de comida de verdad —rio Lilly.

—Está bien, está bien —gruñó él—. Te daré de comer y así mantendré bien alto tu nivel de estamina.

—¿El mío? ¿Y para qué lo necesito?

—Porque... —Nick enredó los dedos en sus cabellos y tiró de los mechones hacia sí, inhalando la fragancia de su champú de hierbas y rosas—... todavía no he terminado contigo.

—Pero si ya lo hemos hecho... dos veces.

—La tercera es la mejor.

La voz de Nick sonaba lenta y ronca, con un tono que nunca había escuchado en él y que la excitaba en su interior.

Nick no había mentido al decir que aquello era algo más que un rápido alivio para sus hormonas, algo más que una mera responsabilidad que ella tenía que atender. Sus respuestas ante él parecían importarle. El hecho de que ella sintiera placer parecía importarle.

Nick se había mostrado exigente con ella, más de lo que nunca hubiera creído posible. Lilly nunca le había confesado a ningún hombre lo que deseaba, cómo lo deseaba ni si le satisfacía. Pero Nick le había preguntado todo eso y mucho más, y se había negado a aceptar el silencio por respuesta.

Y sin embargo, a pesar de todo lo que exigía, también daba en la misma medida.

—Está bien, comida —comentó Nick en voz alta, como recordándoselo a sí mismo. Luego la soltó y alcanzó el teléfono que había sobre la mesilla—. ¿Pido

112

que nos traigan uno de cada de todo lo que tengan en el menú del servicio de habitaciones?

–¿Por qué? ¿Es que tú no vas a comer?

–Está bien, dos de cada.

Mientras Nick hacía el encargo Lilly corrió al baño y buscó un albornoz. El largo silbido de aprobación de él la siguió por todo el camino.

Lilly se puso el albornoz y se miró al espejo.

Sus cabellos caían revueltos y salvajes alrededor del rostro, y tenía las mejillas sonrosadas y una marca en el cuello fruto de la tarde anterior. Sus labios estaban hinchados y enrojecidos, y sus ojos brillaban. Su aspecto era diferente, satisfecho.

Aaron nunca le había causado aquel efecto.

Lilly se estremeció.

A pesar de lo amenazador que le había resultado Aaron no podía ni comparársele a Nick. Aaron nunca había deseado nada de ella, pero Nick sí: Nick deseaba su participación, su disfrute, su capitulación total. Si su relación con Aaron la había preocupado la que mantenía con Nick la aterrorizaba.

–¿Te encuentras bien?

Nick se había acercado gloriosamente desnudo. Y comenzó a lamerle el cuello.

Lilly vio el reflejo de los dos en el espejo, el suyo diminuto al lado del de él. Los hombros de Nick eran el doble de anchos de los de ella, y cuando la abrazaba Lilly sentía tanto la protección que suponían como su fuerza.

–¿Hmm? –volvió él a preguntar, besándola el cuello.

–Es solo que...

¿Cómo podía decir lo que no se atrevía a decir?

–¿Sí? –Lilly cerró los ojos tratando de olvidar su potente imagen, esperando poder ignorar lo que él la hacía sentir–. Te escucho.

–No dejo de preguntarme en dónde me he metido –confesó al fin Lilly.

Nick volvió a besarla una, dos veces, tres...

El hecho de tener los ojos cerrados no servía sino

113

para empeorar las cosas. Sin su imagen, sus caricias se hacían aún más vívidas.

Lilly lo abrazó. Era consciente de todo su cuerpo, musculoso y vigoroso, sabía que no tenía escapatoria de él.

Nick era mucho más hombre de lo que ella hubiera podido manejar.

—¿No te arrepentirás de haber hecho el amor?

—No.

—Abre los ojos, Lilly. Quiero que veas tu reflejo —Lilly abrió los ojos lentamente. Nick la miraba serio, centrado por completo en ella—. ¿Qué te preocupa?

—¿Acaso sabes leer la mente?

—No hace falta saber mucho para ver que estás preocupada cuando frunces el ceño —Lilly sonrió a medias—. Háblame —la urgió él.

—Me pregunto qué haremos cuando discutamos.

Nick apretó su abrazo, y Lilly se sintió reconfortada.

—Lo hablaremos.

—¿Y qué ocurrirá si yo no doy la talla en cuanto a lo que esperas de mí?

Nick la soltó despacio y la hizo darse la vuelta para mirarlo a la cara. Luego, tomando su cabeza entre las manos, dijo:

—Tú nunca me defraudarás, Lilly. No mientras seas sincera y pongas a nuestro hijo por delante de todo.

—Eso siempre lo haré.

—Lo sé, lo sé.

Entonces él la besó profunda, apasionadamente, y desvaneció todas sus dudas.

Unos golpes en la puerta les obligaron a separarse.

Nick tomó otro albornoz y desapareció.

El olor a hombre, a musgo, impregnaba aún el aire envolviéndola como la habían envuelto los brazos de Nick.

Lilly había creído que estaba preparada para el matrimonio, para la luna de miel. Después de todo había hecho antes el amor con Nick.

Pero en aquella ocasión no había habido nada en

juego en el plano emocional. Se había escondido tras las sábanas, se había sentido amada en la oscuridad, y todo se había desvanecido al amanecer.

En ese momento, en cambio, él tenía en sus manos el futuro. Y las promesas no resultaban de gran consuelo.

Lilly escuchó un murmullo de voces, y luego la puerta de la suite se cerró.

Se lavó la cara y salió. La pequeña mesa estaba repleta de comida.

–¡Pero Nick, si era una broma!

–Bueno, pero supongo que le he ahorrado al camarero un paseo dentro de una hora.

Había desde fruta fresca, queso y crackers, hasta sándwiches y pastel de chocolate.

Lilly no necesitó una segunda invitación. Se sentó en la silla con los pies bajo el trasero y dejó que Nick le llenara el plato.

Había hecho bien en dejar de hablar con él, pensó Lilly. Nick podía mostrarse encantador cuando quería, igual que lo había hecho en la boda de Kurt y Jessie. Ella se hubiera perdido antes de contar hasta tres, y contenta. Y después, al comprender el tipo de hombre que era Nick, al darse cuenta de que él siempre trataría de controlarla, se habría sentido destrozada de haberle entregado su corazón.

Era mejor que todo hubiera acabado de ese modo, sin fingimientos, con Nick diciéndole que nunca la amaría.

–Esta tarta se llama Death by Chocolate –comentó Nick hundiendo el tenedor en ella.

–Pues creo que moriré con una sonrisa en los labios.

–Abre la boca.

Lilly, confiada, lo hizo, cerrándola luego con el tenedor dentro. El denso chocolate inundó su lengua, y gimió satisfecha.

–Creo que eso ya lo he oído antes –comentó Nick. Lilly levantó la cabeza–. En la cama, que es a donde te voy a llevar muy pronto. Aunque está bien morir por el chocolate.

Lilly tragó, pero cuando fue a comer otro poco de tarta él le quitó el tenedor.

—Espera a que la pruebe yo también.

Entonces la besó larga, profundamente, y la dulzura y el poder de su pasión le robaron el aliento.

Luego, terminando despacio de besarla, Nick se puso en pie. Con las manos sobre sus hombros tiró de ella para ponerla en pie y dijo:

—Desvísteme —Lilly abrió los ojos inmensamente—. Quiero que me toques, que me sientas, que sepas lo que me estás haciendo.

—Pero no sé qué hacer... —objetó ella sobresaltada.

—Solo llevo una prenda.

Exactamente igual que ella. De pronto, mientras Nick la observaba, Lilly fue consciente de ello y de la forma en que la tela la raspaba.

Insegura, con el pulso acelerado, agarró el cinturón de Nick y lo desató. Ambos lados resbalaron de sus torpes y nerviosos dedos. Luego le abrió el albornoz y se lo retiró de los hombros.

Nick estaba listo para ella.

Lilly hundió las puntas de los pies en la alfombra.

Fuerte, anguloso por todas partes, Nick era pura masculinidad. Y era su marido.

Apenas era capaz de hablar, y sin embargo preguntó:

—Y ahora, ¿qué?

—Siénteme, explora mi cuerpo. Conóceme tan íntimamente como te conozco yo a ti.

Los nervios y la adrenalina se apoderaron de Lilly.

Rígido, Nick estaba de pie, observándola. Esperando.

Lilly se lamió los labios y susurró:

—Date la vuelta.

Nick levantó una ceja en un gesto especulativo, pero luego obedeció despacio.

Él la había visto desnuda; era su momento de llenarse de él ella también. Voraz, deseaba algo más que el rápido y cohibido vistazo que le había echado mientras él se movía desnudo por la suite.

El silencio llenó la habitación, la tensión aceleró la respiración de Lilly.

Temblorosa, alargó los brazos y acarició sus omoplatos con las manos. Exploró sus contornos, el tacto de su piel. Deslizando la mano a lo largo de su columna Lilly fue a detenerse en la hendidura justo por encima de su trasero.

Amedrentada, retiró las manos hacia arriba y recorrió de nuevo sus hombros antes de enredar los dedos en su oscuro cabello.

La cabeza de Nick se inclinó hacia delante al trazar ella, desde atrás, la línea del contorno de sus orejas.

Sorprendentemente aquello la excitó.

–Date la vuelta otra vez –ordenó con voz aguda.

Él lo hizo, sonriendo de un modo que la hizo estremecerse.

Pero en lugar de retomar él la iniciativa esperó con paciencia.

De frente la tarea resultaba más difícil. Pero Lilly no dejó que eso la detuviera.

Con los pulgares unidos Lilly movió las palmas de las manos hacia abajo por el pecho de Nick, explorando la leve cima de sus pezones enterrados en la mata de vello. Nick jadeó. Lilly se sintió embriagada por su propio poder y repitió la operación.

–¿Te gusta eso?

Nick contestó con un gemido gutural.

Saboreándolo, Lilly rozó con la uña uno de sus pezones y luego el otro. Su reacción fue instantánea, su masculinidad la rozó.

Excitada, Lilly lo tomó en su mano. Observó su pecho subir y bajar y lo acarició.

Entonces él la tomó del brazo y dijo:

–Es suficiente.

Pero Lilly no estaba de acuerdo. A pesar de la expresión de sus ojos azules, brillantes y excitados, Lilly lo agarró con más fuerza.

–Lilly, te lo advierto...

Pero ella no le prestó atención.

Lilly notó el cambio en él mientras se ponía tenso,

igual que le ocurría a sus pechos cuando él los abrazaba.

–Pero si me has dicho que te gustaba esto.

–Me gusta –confirmó él echando la cabeza hacia atrás.

–Entonces disfruta.

Nick la agarró de una muñeca.

–Esto terminará en treinta segundos si no te paras ahora.

Sobresaltada por el crudo tono de voz de Nick, sintiendo su pulso en la palma de la mano, Lilly contestó:

–Bien.

–No... no está... bien –Nick la agarró con más fuerza hasta que ella lo soltó, y después respiró trémulo antes de cambiar las tornas, llevando a Lilly a la cama y preguntando–. Te ha gustado, ¿verdad?

Lilly sonrió tímidamente a modo de respuesta.

–Entonces haremos el amor de un modo diferente –añadió Nick.

Él se tumbó al lado de ella y después la tomó de la muñeca para tirar de ella y ponerla sobre sí.

–Ah, Nick...

–Pon las rodillas a ambos lados de mí.

Lilly ignoró su resistencia y asintió. El pelo le caía a los lados de la cara.

Nick tocó su punto más sensible y ella se arqueó, tensándose y gimiendo. Deseaba a Nick. Buscó el coraje suficiente y siguió los pasos de él, cerrando la mano en torno a su masculinidad y bajando lentamente, después, sobre él.

Nick la llenó, la tensó, la hizo arder de anhelo y pasión.

Entonces él alcanzó su pecho y jugueteó con sus pezones. Ella se movió tratando de evitar aquellas ardorosas sensaciones, pero fue peor.

Lilly cerró los ojos y vio estrellas en la oscuridad. Él elevó las caderas y la hizo ponerse en movimiento, entrando cada vez más profundamente.

Juntos encontraron un ritmo mientras Lilly sentía

que un caleidoscopio giraba dentro de su cuerpo. Nunca había experimentado nada como aquello, nada tan satisfactorio.

Nick alzó las manos y abrazó sus pechos, y al bajar ella sobre él se los apretó.

–¡Nick!

Lilly jadeó, sus rodillas se doblaron incapaces de mantenerla. Se reclinó sobre él y le dio la bienvenida en sus entrañas.

–Ven a por mí, Lilly.

Nick pellizcó los sensibles picos de sus pechos y Lilly llegó al clímax.

Segundos más tarde el cuerpo de Nick se ponía rígido. Él vibró contra las paredes interiores de ella y respiró hondo antes de dejarse llevar hasta lo más profundo de su interior.

Acurrucada en sus brazos, Lilly apoyó la cabeza en su pecho.

–Gracias por confiar en mí –dijo él.

Lilly le dio las gracias en silencio por demostrarle que era una mujer deseable. Nunca habría nada entre ellos dos excepto sexo. Nunca habría ningún lazo emocional, eso lo sabía. Pero no debía de importarle. Pronto olvidaría la relación que había mantenido con su ex marido. No debería de importarle.

¿Y entonces por qué de pronto sí le importaba?, se preguntó.

Lilly trató de ignorar la insistente idea de que Nick estaba comenzando a importarle y se relajó sobre él, tragando al notar que él había tomado una pluma y le hacía caricias con ella en la mejilla.

–Aún tenemos que intentar el número veintiuno.

Un brillo de buen humor iluminaba los ojos de Nick, al que Lilly nunca había visto tan despreocupado.

Hubiera sido fácil perderse en él.

Pero eso era precisamente lo que no se atrevía a hacer...

Capítulo Nueve

De pie, delante de las puertas del patio, Lilly se quedó mirando la luna plateada y las centelleantes estrellas.

La paz de aquella escena hubiera debido de tranquilizarla, pero no fue así. Cada vez que estaba con él perdía, durante una fracción de segundo, el control.

Y lo que más valoraba en su vida, por encima de cualquier otra cosa, era el poder mantener el control. Había luchado por tener el suficiente coraje como para abandonar a Aaron y después, durante los primeros meses de separación, había trabajado por su independencia, tratando de pensar por sí misma.

¿Tendría Nick razón? ¿Sería posible no perderse en él? En la cama se dejaba llevar por completo... pero él tenía que hacer lo mismo.

Lilly se sacó del bolsillo el penique de la suerte que Nick le había regalado. Aquello la conmovía de un modo especial, como ninguna otra cosa. Un regalo caro nunca hubiera significado tanto para ella como aquel diminuto tesoro. Lo guardaba celosamente, le recordaba que Nick había pensado en ella lo suficiente como para separarse de su talismán.

Nick se acercó a ella en silencio y la estrechó en sus brazos.

–¿No puedes dormir?

–No.

–Un penique por tus pensamientos, aunque ya te haya dado uno.

–Lo sé, lo tengo en el bolsillo.

Nick la besó en el cuello con la ternura de un amante, y Lilly se derritió.

–¿Quieres intentar dormir?

Lilly se volvió hacia él y puso una mano sobre su pecho.

–¿Se te ocurre algo mejor?

Lilly vio arquearse sus cejas a la escasa luz.

–¿Estás tratando de seducirme, Lilly?

–Bueno, sencillamente no quiero estar sola –confesó ella.

–¿Quieres relajarte en el estanque? –sugirió Nick enredando los dedos en su cabello.

–Sí.

–¿Te has bañado alguna vez desnuda?

–Creía que me habías traído el bikini.

–Es que me gusta mirarte, entera.

–Estoy deseando probar –respondió Lilly con un estremecimiento.

Nick desató el cinturón del albornoz de Lilly y dejó caer los extremos. La prenda se abrió, y el fresco aire de la montaña acarició su piel ardiente.

Nick le retiró el albornoz de los hombros y besó su cuerpo mientras lo descubría. Finalmente la prenda cayó al suelo dejándola completamente desnuda.

Lilly abrió las puertas de cristal que daban al patio y salió sin importarle lo más mínimo que él la observara. Había luces blancas en lo árboles, iluminado el camino. Lilly llegó al borde del agua y se agarró a la barandilla de metal.

–¡Espera! –gritó él. Lilly miró por encima del hombro y elevó una ceja inquisitiva–. No quiero que resbales.

–No resbalaré –respondió ella.

–No voy a correr ese riesgo cuando se trata de tu seguridad.

Lilly suspiró y esperó, hundiendo un pie en el agua caliente. Él tomó un par de copas, las llenó hasta arriba de champán especial y caminó por el borde de la pequeña piscina.

–No soy una inútil –dijo ella tratando de no mirar demasiado su cuerpo de vientre plano, cintura y caderas estrechas y poderosos muslos...

–Lo sé.

–Entonces...

–Lilly, déjalo pasar –respondió él dejando las copas en el suelo y descendiendo dentro del agua.

Y Lilly lo hizo, sencillamente porque era lo más fácil. Nick le ofreció la mano y ella aceptó su ayuda.

Con tanto movimiento el agua comenzó a balancearse de un lado a otro llegando hasta Lilly, que se hundió con elegancia en ella hasta la barbilla sentándose en un escalón.

Lilly echó la cabeza hacia atrás, cerró los ojos y disfrutó del sensual placer de estar desnuda bajo el oscuro cielo de las Rocky Mountain.

–Aquí hay mucha paz –dijo él con un tono de voz ronco y vibrante que la estremeció–. Es un lugar en el que cualquier hombre podría sentirse en paz.

–¿Es eso lo que buscas?

Nick permaneció en silencio durante un rato, sin responder. Tanto que Lilly se preguntó si contestaría alguna vez.

–No lo supe hasta que tuve veintiún años, pero sí, es lo que busco.

El corazón de Lilly se aceleró. Nick acababa de abrir una ventana, acababa de ofrecerle un atisbo de las emociones que escondía en su interior.

¿Le dejaría ver más? ¿Confiaría en ella lo suficiente como para dejarla acercarse un poco más?

–Te marchaste durante muchos años –comentó ella.

A pesar de tener los ojos cerrados Lilly sintió la mirada penetrante de Nick.

–Parece que sabes muchas cosas sobre mí.

–Lo leí en la columna de la señorita Starr –respondió ella.

–Rumores.

Lilly ignoró la áspera voz de su interior que le aconsejaba olvidar el tema e insistió:

–La señorita Starr os llamaba a los tres, a Kurt, a Shane Masters y a ti, el Trío Problemático –Nick no respondió–. ¿Es verdad?

–Es probable.

–¿Y por qué volviste a casa?

–Mi madre se estaba muriendo.

Lilly inclinó la cabeza hacia adelante y lo miró. A la escasa luz procedente de la habitación más la poca que reflejaba la luna Lilly pudo atisbar las sombras en sus ojos.

–Kurt me llamó a Cheyenne, me dijo que mi madre estaba sola.

–Y después de todo lo que habías tenido que pasar, ¿volviste para cuidar de ella?

–Era mi madre.

–¿Así de simple?

–Así de simple –confirmó Nick.

Para él lo era.

Nick se había pasado la infancia y la primera parte de su vida de adulto repitiéndose a sí mismo que nadie le importaba. Pero en aquel entonces, cuando el teléfono sonó y Kurt le dijo que su madre estaba sola, muriéndose, Nick comprendió la verdad. Todo aquello de lo que había estado huyendo lo atrapó por fin, justo allí.

–He estado borracho tres veces en mi vida. La primera fue cuando me marché de casa, la segunda cuando volví.

Lilly se acercó a él y puso la mano sobre su pecho, cerca de su corazón.

Ninguna mujer se había compadecido antes de él, y eso alentaba en Nick una respuesta que iba mucho, mucho más allá de lo físico. Lo estremecía, lo abrasaba, le producía algo en un lugar tan profundo de su interior que casi hubiera jurado que se trataba de su alma...

–Cuando me marché tenía diecisiete años, y estaba harto del olor a sexo rancio y de los golpes del cabecero de la cama de mi madre contra la pared. Aquel día un hombre al que no había visto nunca salió de la habitación de mi madre. Debió de ser hacia media noche. Iba desnudo, y se acercaba a mí exigiendo saber qué estaba mirando. Mamá salió del dormitorio poniéndose la ropa. Nos miramos y yo comprendí que ella lo prefería a él antes que a mí, tal y como había sido siempre desde niño. Entonces agarré un botella y me marché. Mi madre no trató de impedírmelo, a pesar de ver que estaba llorando. Traté de comportarme como un hombre.

–Pero aún eras un niño –lo interrumpió Lilly.

–Sí, aunque crecidito. Estuve conduciendo durante una hora o dos, y de algún modo acabé en casa de Kurt. Su padre me metió en la ducha, y su madre me dio de comer. Pero sobre todo me dieron cobijo. Me obligaron a ir al colegio y a la iglesia, me forzaron a que hiciera tareas. Y cuanto más me rebelaba contra ellos, más me obligaban a trabajar.

–Nick...

–Era la primera vez que yo veía que alguien se preocupaba por mí y que le importaba lo que hacía durante todo el día. Les dije que no quería que les importara, pero sí quería. Era la primera vez en mi vida que veía de cerca el amor. Si no hubiera sido por los dos años que pasé con ellos creo que habría creído siempre que el amor no existía.

Nick aún seguía preguntándose si, en realidad, el amor no estaba hecho para otros. La primera mujer a la que había conocido y a la que le había ofrecido su corazón le había dado una patada y se había llevado al bebé que tanto adoraba. Solo estaba seguro de una cosa: eso, realmente, no era amor.

–Ray Majors me enseñó a cuidar de un rancho, me enseñó las cosas de la tierra. Y cuando me gradué Alice Majors estaba entre el público, pero mi madre no.

Nick cerró la mano agarrando la muñeca de Lilly, aferrándose a ella y al calor y amor que ella irradiaba.

–Me marché a Cheyenne, me contrataron en un rancho y trabajé hasta conseguir que me nombraran capataz. Lo que no me enseñó Ray lo aprendí en Wyoming.

–Y entonces fue cuando tu madre se puso enferma –comentó Lilly.

–Sí. Seguía viviendo en la misma caravana, una chatarra. Compré unos cuantos acres con el dinero que tenía ahorrado y una pequeña casa, y trasladé a mi madre conmigo.

–¿Al mismo lugar en el que vives ahora?

–Sí, pero entonces era mucho más pequeño. Shane Masters añadió la segunda parte a la historia. Durante seis meses, antes de morir, conocí a mi madre. Había vivido con ella durante diecisiete años, pero no la conocía.

–¿Alguna vez la perdonaste?

–Comprendí su actitud –respondió Nick mirándola.

–¿Pero la perdonaste? –insistió Lilly.

–Creo que estoy en ello –contestó Nick haciendo una pausa–. La tierra nos ayudó a los dos a curar nuestras heridas. Ella se sentaba en el patio y se quedaba mirando las montañas, y decía que nunca había disfrutado de unas vistas como esas. Y por primera vez en su vida nadie le exigía nada a cambio. Llevó una vida muy dura, pero me dijo que sus últimos meses habían sido los mejores. Supongo que los dos encontramos la paz.

–Debió de sentirse muy orgullosa de ti –Nick frunció el ceño. Lilly susurró–: Yo al menos lo estaría.

–¿En serio? –inquirió él con un vuelco en el corazón.

–Sí. Aprendiste qué era lo más importante en la vida y trabajaste duro, nunca perdiste el honor y siempre conservaste tu integridad.

–¿A pesar de que aún esté tratando de perdonarla?

–Eso no lo creo, Nick –él apretó la mano de Lilly. Ella sacudió la cabeza y el agua de la piscina mojó sus rizos–. Estaría orgullosa de nuestro hijo con que fuera la mitad de hombre de lo que eres tú.

Aquellas palabras significaban más para Nick de lo que nunca hubiera siquiera soñado con expresar. Llenaban un vacío en su interior que no sabía que existiera.

Nick la besó, larga y profundamente, tratando de comunicarle lo que sentía y sabiendo que se quedaba corto. Pero era todo lo que podía ofrecerle.

Y esperaba que fuera suficiente.

Lentamente Lilly se despertó en los brazos de Nick, que la agarraba con fuerza incluso dormido. Su cabello caía por encima del pecho de él.

Nick le había hecho el amor dos veces antes de caer rendido por el sueño, y había confesado que le gustaba tanto el número veintiuno como el setenta y tres.

Lilly había sonreído. A ella también le gustaban. Los dos.

La luz de la luna entraba por las puertas de cristal del patio, y el resplandor del despertador le descubría que aún faltaban dos horas para el amanecer.

Junto a su oído, el ritmo de la respiración de Nick cambió.

–Se suponía que estabas durmiendo –dijo él.

–¿Es que no pierdes nunca detalle?

–No cuando se trata de ti –Lilly comenzaba a creerlo, y aquello empezaba a gustarle–. Ven aquí.

Nick la abrazó y jugó con su pelo.

–¿Nick?

–¿Hmm?

–Dijiste que te habías emborrachado tres veces en tu vida.

¿Respondería Nick a su nueva pregunta?

–La tercera vez fue cuando por fin conseguí el divorcio y el juez me denegó el derecho a visitar a Shanna –el dolor, denso y al desnudo, recorrió el alma de Lilly–. Hasta ese momento nunca había pensado que no volvería a abrazarla.

Conociendo a Nick como lo conocía Lilly se conmovió.

Su honestidad, su forma de amar a Shanna y de cuidar a su madre enferma estaban comenzando a producir efectos en su corazón.

Y Lilly no sabía muy bien qué hacer al respecto...

–Duérmete –dijo él.

Tras posar un beso en su cálida piel Lilly se durmió por fin, preguntándose cómo iba a evitar enamorarse de él.

Abandonar a Aaron había sido difícil, pero al fin y al cabo él nunca le había afectado tan profundamente como Nick.

Lilly se vistió sin encender las luces. Se puso unos pantalones cortos y una camiseta grande y caminó de puntillas por la habitación, cerrando la puerta del baño y tratando de abrir poco el grifo del agua.

Trató de ser lo suficientemente sigilosa como para no despertar a Nick. Pero lo despertó. Nick se quedó quieto, sin moverse. Se preguntaba qué estaría haciendo Lilly, pero decidió no decir nada.

Sin mirar siquiera en su dirección Lilly se escabulló saliendo de la habitación y cerrando la puerta sin hacer ruido.

Nick sintió un nudo en el estómago.

No quería, pero no pudo evitar pensar en Marcy, en su comportamiento, en su costumbre de decirle una cosa y hacer otra o de pasar la noche fuera de casa sin avisar.

Pero Lilly no era Marcy.

Nick lo sabía, y sin embargo le costaba asimilar el hecho de que se hubiera ido sin decirle nada ni dejarle una nota.

Estaba demasiado nervioso, de modo que se levantó, se duchó y se vistió. Estuvo perdiendo el tiempo una media hora, pero Lilly no regresó.

Merodeó por la habitación, imaginando el sonido de sus suspiros, su fragancia a mujer, a tentación y a inocentes flores.

Lilly se estaba metiendo en su corazón.

Lilly le importaba. Le importaba lo que era y lo que hacía. Y la quería en la suite del hotel, con él. Quería derramar sobre ella todo el afecto que no podía admitir que sentía por ella, deseaba abrazarla, sentirla, explorarla.

Una llave se deslizó dentro de la cerradura.

Nick se sentó y se esforzó por parecer tranquilo. Observó que estaba tamborileando con los dedos sobre la mesa sin darse cuenta y cerró el puño.

Lilly entró, cerró la puerta cambiándose un paquete de mano y sonrió.

–Buenos días –dijo en voz baja. El miedo de Nick, un sentimiento que ni siquiera se había dado cuenta de que tenía, se desvaneció–. He ido a hacer unas compras.

–Yo habría ido contigo si me lo hubieras dicho.

–Lo sé, pero quería ir sola.

–Ah.

Lilly se aproximó con las manos a la espalda.

–Te he traído algo –explicó inclinándose para rozar la frente de Nick con los labios.

–Tú eres todo lo que quiero –respondió él tirando de ella para sentarla en su regazo y besarla sonoramente.

–Hmm. Un momento, espera. Quiero darte esto.

Lilly sacó una caja de su bolso. Estaba envuelta en papel de regalo con motivos navideños de renos y trineos, e incluso tenía una cinta roja y verde y un lazo dorado.

Hacía muchos años que Nick no recibía un regalo de Navidad. Nick deslizó un dedo tembloroso por debajo de la tapa de la caja.

–Ábrelo –lo animó ella. Dentro había un Santa Claus–. Encontré esto, y como estamos celebrando la Navidad en julio... ¿Te gusta?

–Es... –Nick no pudo darle las gracias por algo que tenía mucho más valor de lo que las palabras podían expresar. ¿Cómo iba a pedirle perdón por haber dudado de ella?–... perfecto.

–Lo he comprado porque... como dijiste que habías dejado de creer en Santa Claus me figuré que... ahora que vamos a tener navidades de verdad quizá puedas volver a creer.

–No tienes ni idea de cuánto significa esto para mí –respondió Nick con respiración trémula.

–Había pensado que quizá pudieras demostrármelo...

Nick no podía pensar en nada mejor que hacer.

–¿Te mudarás a mi dormitorio? –preguntó Nick cuando volvieron al rancho.

La luna de miel había sido demasiado corta, pero si hubiera sido más larga Lilly habría olvidado lo peligroso que resultaba Nick. Atento a sus necesidades, se había comportado como un novio cariñoso, con todas las buenas cualidades que jamás hubiera soñado en un marido.

Pero aquella no era la realidad.

Él le había abierto su corazón dos noches atrás, mostrándole honestamente sus heridas. Y al comprender las causas por las que se había convertido en el hombre que era se sentía doblemente atraída y vulnerable ante él.

Y eso era algo que no podía permitir que ocurriera. Lilly también había recibido sus heridas, y necesitaba protegerse de él. La experiencia le había enseñado que solo podía contar consigo misma. Y se había jurado no olvidarlo nunca.

Nick dio la vuelta al vehículo y le abrió la puerta.

—¿Lilly?

Lilly hubiera deseado poder hundirse en el asiento. Pero en lugar de ello se desabrochó el cinturón de seguridad y salió del vehículo, obligándole a él a dar un paso atrás.

—Me mudaré a tu habitación, Nick, pero solo porque le resultará mucho menos confuso a nuestro hijo.

Dos de los trabajadores del rancho habían parado de trabajar. Sentados sobre la valla que delimitaba el corral observaban la escena con interés.

A Nick no pareció importarle.

Es decir, no lo pareció hasta que se quitó el sombrero y, ocultándose tras él de la vista de los trabajadores, besó sonoramente a Lilly. Y cuando terminó de besarla dijo:

—Yo solo quiero hacerte el amor. Hace por lo menos dos horas que no lo hacemos.

Lilly, perdida, ni siquiera protestó cuando él deslizó las manos por debajo de sus piernas y la llevó desde el coche hasta la casa, cerrando la puerta con el talón.

Capítulo Diez

–¿Dónde has estado?

Lilly dejó las bolsas de la compra sobre la mesa de la cocina. La nana que estaba cantando se desvaneció en el silencio. Después de tres semanas de matrimonio Lilly había aprendido a reconocer los estados de ánimo de Nick.

Una vena temblaba en su sien, y su tono de voz resultaba amenazador. Lilly se inclinó sobre la encimera y suspiró profundamente.

–He ido a la ciudad. De compras. He estado comprando cosas para la habitación del niño e ingredientes para la cena.

Nick dio un paso hacia ella, y luego otro. Irradiaba ira de él, pero Lilly levantó la cabeza y sostuvo su mirada.

–Tenemos empleados que pueden llevarte las bolsas de la compra.

–Lo sé.

–Es decir, si es que no se te ocurre que tu marido puede ayudarte –añadió Nick dando un paso más.

–No sabía que tuviera que darte explicaciones de cada uno de mis actos.

–Y no tienes que hacerlo.

–¿Entonces...? –inquirió Lilly frunciendo el ceño llena de frustración.

–No quiero que mi mujer, que está embarazada, vaya por ahí cargando con bolsas pesadas.

–Es comida, Nick, no hormigón.

–Podías haber pedido ayuda.

–Te busqué antes de marcharme, pero no te encontré. No sabía dónde estabas.

–¿Y no podías esperar?

–No. No si quieres que tenga la cena puesta en la mesa.

–No quiero.

–¿Que no quieres?

–No espero que tengas la cena sobre la mesa cuando vuelvo a casa.

–¿En serio?

–¡Lilly, maldita sea, el bebé y tú, eso es lo más importante! –explicó Nick devorando el resto del espacio que los separaba–. He vivido solo durante la mayor parte de mi vida adulta. Puedo cocinar, limpiar, incluso hacer la colada –continuó agarrándola de los brazos–. No me casé contigo para que me lo tuvieras todo preparado. Métetelo en la cabeza de una vez: yo no soy Aaron. Con él no estabas casada, solo estabas metida en una trampa.

–¿Y cuál es la diferencia?

Lilly no había tenido la intención de hacerle esa pregunta, pero no pudo evitarla.

–No quiero gobernar tu vida, Lilly, eres libre de ir y venir cuando quieras. Esto es una sociedad, no un estado dictatorial –explicó Nick exhalando el aire mientras sus hombros se relajaban, como si se le hubiera pasado el enfado–. Cuando te marches quiero que me dejes una nota... pero no porque tengas que darme explicaciones de todo lo que haces, sino por simple cortesía. Yo también te dejaré una cuando salga. No me excluyas, Lilly. No voy a permitirlo.

–Estás siendo injusto, Nick. No estaba tratando de excluirte. Si abrieras los ojos te darías cuenta. Necesito que confíes en mí. De hecho te lo exijo. Sin tu confianza este matrimonio no puede funcionar –se defendió Lilly suspirando–. En el futuro te dejaré notas, pero si alguna vez se me olvida no puedes seguir sospechando. Yo no me entrego a los hombres fácilmente, Nick. Tú, mejor que nadie, deberías de saberlo.

–Maldita sea, Lilly, estaba preocupado por ti –respondió Nick pasándose una mano por el cabello.

–¿Entonces no se trata de una falta de confianza?

–No, estaba preocupado por ti, por si te pasaba algo o habías ido al médico.

–Creo que te malinterpreté.

–Sí, así es. Déjame ayudarte, Lilly. Déjame ser tu compañero, no un hombre al que siempre estás comparando con el compañero ideal.

Lilly rozó con los dedos la mejilla de Nick sintiendo su tensión.

–Yo...

–No te disculpes –la interrumpió él en voz baja–. Deja que te reciba correctamente.

Nick la besó larga y profundamente, dejándola sin aliento.

¿Desde cuándo era él tan importante para ella? Si Nick la correspondiera... Pero Lilly no se atrevía a demostrarle nada, no se atrevía a correr el riesgo de amar a un hombre que no le devolvería esos mismos sentimientos. Continuaría exactamente igual que estaba, por su propio bien. Solo que hasta ese momento no se había dado cuenta de lo difícil que era.

–¿Dijiste que habías comprado cosas para la habitación del bebé?

–He comprado una colcha para la cuna y un juguete.

–¿Qué clase de juguete?

–Un Santa Claus. Así nuestro hijo también creerá en él.

–Con una madre como tú, ¿cómo no iba a creer?

Juntos subieron las escaleras y añadieron las cosas nuevas al dormitorio del bebé que habían comenzado a decorar. Nick no se había quejado ni una sola vez cuando fueron a buscar papel pintado, lámparas, muebles e incluso sábanas.

–También he parado en la tienda de flores mientras estaba en la ciudad –Nick se aferró a la barandilla de la cuna–. Beth está agobiada.

–¿Y?

–Estoy pensando en volver al trabajo –confesó Lilly.

–Yo preferiría que no lo hicieras.

–Esto es una sociedad –le recordó Lilly metiéndose

las manos en los bolsillos de los pantalones y encontrando allí el penique de la suerte–, no una dictadura.

–Maldita sea, Lilly, no me gusta.

–Lo siento, Nick. En realidad ya me imaginaba que no te gustaría la idea.

–Pero eso no va a hacerte desistir, ¿verdad?

–No –respondió Lilly sacudiendo la cabeza suavemente.

Cientos de emociones embargaron a Nick. No quería que ella trabajara y se cansara demasiado. En la tienda de flores se trabajaba duro llevando tiestos pesados de un lado a otro, de pie todo el día. No, definitivamente no le gustaba.

–Así fue como comenzó todo con Aaron –añadió ella en voz baja.

–No digas una palabra más –advirtió Nick.

–Esto es importante para mí. Es mi negocio, es algo que me encanta hacer. Si hablabas en serio cuando dijiste que éramos socios entonces tienes que comprender que no puedo dejar la tienda así, sin más.

–Ni yo te pido que lo hagas, puedes volver en cuanto el niño haya nacido.

–Nick, no puedo estar en casa todo el día, me estoy volviendo loca.

–Entonces trabaja para mí.

–¿Qué?

–Puedes llevar los libros, encargarte de los suministros, ayudarme con las tareas administrativas del rancho.

–Nick...

–Escucha, Lilly...

–Cuando hicimos nuestras promesas de matrimonio tú dijiste que no me obligarías a dejar de ser lo que soy, ¿lo recuerdas?

Lilly se marchó sin decir una palabra más. Nick la escuchó subir las escaleras y cerrar la puerta del dormitorio. Y rogó por que no comenzara a apartarlo de su vida tal y como había hecho Marcy.

Pero no permitiría que eso sucediera con Lilly. Su

matrimonio significaba demasiado para él. ¿Cómo podía llegar a un compromiso sin salir perdiendo? Quizá el almuerzo fuera un buen punto de partida, decidió al día siguiente.

Nick volvió al rancho a mediodía y se sorprendió de ver lo silenciosa y solitaria que estaba la casa sin ella.

¿Solitaria? No, no era que estuviese solitaria. Nick no había estado solo en toda su vida. Y no iba a comenzar a estarlo en ese momento.

Pero eso no significaba que no estuviera casado.

Nick se dirigió a la ciudad, se detuvo en Chuckwagon y le pidió a Bridget que le preparara una cesta de picnic.

–¡Hombres! Creen que pueden conseguir que una mujer haga cualquier cosa con solo pedirlo educadamente.

–¿Y funciona? –preguntó Nick esperanzado.

–Supongo que sí –musitó ella–. Pero la próxima vez por favor, avísame antes. Tengo otros clientes, ¿sabes?

Cuando Bridget le dio la cesta Nick la sorprendió besándola en la mejilla.

Al llegar a Rocky Mountain Flowers descubrió a Lilly hablando con un cliente con una falsa sonrisa en el cansado rostro. Se había quitado los zapatos y tenía los hombros caídos.

Nick apretó los dientes, pero no dijo nada.

Cuando ella levantó la vista y lo vio todo su cansancio desapareció. Lilly sonrió, y aquello le iluminó los ojos. Nick sintió que respondía ante ella interiormente, que se excitaba y se sentía preparado para ella. Unos minutos más tarde estaba a solas con su mujer.

–Te he traído la comida.

–¿Y cómo sabías si tendría hambre?

–Lo adiviné.

–Vamos, podemos comer en la trastienda.

Lilly no había terminado siquiera el sándwich cuando la campana de la puerta de entrada sonó.

–¿Es que no puede la gente plantar sus propias flores?

–¡Nick, compórtate! Volveré en unos minutos.

Nick esperó impaciente.

–Esa camisa empieza a quedarte demasiado justa –observó él minutos más tarde.

–Sí, supongo que tendré que comprarme ropa nueva.

–¿Y sujetadores también?

–Nick, te he dicho que te comportes.

–¿Yo? Pero si solo estaba ofreciéndome para llevarte de compras.

–Eres imposible.

–Sí. Y ahora siéntate y come.

Lilly tomó la silla que había frente a él y se sentó, y Nick la tomó de las piernas y le puso los pies sobre el regazo, comenzando a darle un masaje. Ella cerró los ojos y suspiró.

–También sería una buena idea comprarme zapatos nuevos –observó ella minutos más tarde–. Y pantalones, supongo.

–¿Cuándo quieres que vayamos?

–¿De compras? ¿No estarás hablando en serio?

–Claro que sí.

–A los hombres no les gusta ir de compras.

–Te recogeré a las cuatro –se ofreció Nick.

–Pero yo no termino hasta las cinco.

–Te recogeré a las cuatro –reiteró él.

–Otra vez te pones imposible.

–Pero si no fuera así tú ni siquiera sabrías qué hacer conmigo.

–Es posible –convino Lilly.

Nick fue a recogerla a las cuatro. El cansancio le había borrado todo color del rostro, y su sonrisa era más delicada que el pétalo de una orquídea.

–Me llevo a casa a mi mujer –le dijo a Beth.

–Le dije que se fuera a casa hace dos horas, pero es cabezota.

–Bueno, no importa.

–Pensé que íbamos a ir de compras –comentó Lilly cuando vio que el coche salía de la ciudad.

–Creo que es mejor que descanses.

–¿Es que no te ha dicho nunca nadie que eres un dictador?

–Quizá, una o dos veces.

Para cuando llegaron a casa Lilly luchaba por mantener los ojos abiertos.

–Podemos cenar en el salón –dijo él.

–¿Qué quieres que te haga de cena?

–Ya la tengo lista yo –contestó él–. Hay sopa de tomate de lata y sándwich de queso a la plancha.

–Eso suena maravilloso. Eres el hombre de mi vida, Nick –quizá lo fuera. Nick se preguntaba si alguna vez lo sería–. ¿No necesitas ayuda?

–Ya te he dicho que puedo cocinar.

–Pero lo que no dijiste era que fueras, además, todo un gourmet.

Nick sonrió. Si se hubiera parado a escoger a la mujer que quería para madre de sus hijos nunca habría elegido mejor.

Después de la cena Lilly sintió que se le cerraban los ojos, y Nick la mandó a tomar un baño. Le dio unos minutos de intimidad y luego llamó impaciente a la puerta, entrando sin esperar respuesta.

Lilly estaba apoyada contra el borde de la bañera y, sin maquillaje, sus ojeras y aspecto de cansancio resultaban aún más acusados. Estaba trabajando demasiado, pero no sabía qué hacer para detenerla.

–Échate hacia adelante –dijo él alcanzando una pastilla de jabón–. Te frotaré la espalda.

–Me mimas demasiado.

–Te lo mereces.

Lilly suspiró, y Nick observó un mechón de su cabello rizado por el cuello. Hipnotizado, lo retiró y besó la piel mojada.

–¡Oh, Nick!

Nick se ajustó el vaquero. Se excitaba con solo tocarla. Sin embargo trató de hacer callar a la voz de su interior que le advertía de que no se trataba simplemente de una atracción física. No era solo que Lilly llevara a su hijo en las entrañas.

–Hora de ir a la cama –comentó Nick.

–Yo ya estoy medio dormida.

Lo sabía. Sacó una toalla del armario y, sujetándola con una mano, ayudó a Lilly a salir de la bañera con la otra.

–Podría acostumbrarme a que me trataras así.

–Y yo también, yo también.

Nick no solo la envolvió en la toalla, sino que además la secó.

Lilly sintió que se le cortaba el aliento cuando él frotó con la toalla sus pezones, que respondieron de inmediato endureciéndose, excitándose. Nick los apretó suavemente, agarrándolos entre los dedos.

–¿Vas a dar de mamar al niño?

–Eso quisiera.

La idea de que su hijo succionara los pechos de Lilly confiadamente, lleno de amor, le arrebató el aliento a Nick.

–¿Qué crees tú?

–¿Yo?

–Es tu hijo también –observó Lilly ruborizándose.

–Si quieres darle solo biberón a mí no me parece mal.

–¿Pero...?

Nick abrazó sus pechos con ternura, deleitándose en su tacto, en su volumen, en los cambios que el niño le había producido en el cuerpo.

–Yo te agradezco que quieras hacerlo por nuestro hijo –explicó Nick besándole los pechos.

Lilly se estremeció y Nick comprendió que tenía que secarla por completo. Le secó el vientre y notó que no estaba tan plano como antes.

–Cada vez se te nota más...

–Lo dices como si estuvieras...

–Orgulloso, para mí es un honor.

–Pues vamos a ver si te sigues sintiendo así dentro de unos meses, cuando esté tan gorda que no pueda ni atarme los cordones de los zapatos.

–Entonces lo estaré más aún. Y te ataré los zapatos

–añadió arrodillándose y secándola entre las piernas, haciéndola temblar.

–No sabía que...

Nick miró para arriba y terminó la frase por ella:

–... que secarse pudiera resultar una experiencia tan sensual.

Él tampoco lo sabía.

Ni tampoco sabía cuánto le gustaba cuidar de otro ser humano. Después de marcharse Marcy llevándose a Shanna Nick se había jurado a sí mismo que nunca se mostraría de nuevo vulnerable. Pero ya no estaba tan seguro.

–Es hora de ir a la cama.

–Pero si ni siquiera es de noche –objetó Lilly.

–¿Y no estás cansada?

Lilly se quitó las horquillas del pelo y dejó que sus mechones castaños y sedosos cayeran revueltos alrededor de su rostro.

–Quizá un poco –admitió.

Una vez en el dormitorio Nick le sacó el camisón y se lo puso por encima de la cabeza.

–¿No quieres hacer el amor? –preguntó ella bostezando.

–Sí, sí quiero –solo mencionarlo lo excitaba–. Mañana –añadió preguntándose desde cuándo se había vuelto tan noble.

Nick metió a Lilly en la cama, que se durmió en un abrir y cerrar de ojos sonriendo.

Una energía inagotable embargaba a Nick, que salió de la casa, ensilló a Shadow y cabalgó hacia el Oeste, dejando que lo alcanzara la puesta de sol. Esperaba que el campo lo relajara, pero no fue así.

En lugar de ello lo asaltaron distintas ideas e imágenes relacionadas con Lilly: su fragancia, a lavanda y esperanza, el ruido que hacía cuando llegaba al clímax, su respiración entrecortada, la forma en que le susurraba su nombre al oído. Y la forma en que su cuerpo respondía a sus caricias, la forma en que le temblaban las piernas y alzaba los brazos hacia él...

Era feliz de haberla encontrado.

Lilly lo excitaba más que nada.

Nick no sabía qué diablos iba a hacer con respecto a ella. Por primera vez en su vida tenía más preguntas que respuestas, y todas ellas se centraban en una sola cosa: cómo conseguir no perder a la persona más importante de su vida.

Si se imponía a ella Lilly lo veía como a un dictador que gobernara su vida, y eso arruinaba todo intento de mantener la relación a la larga. Pero no podía sentarse y ver cómo trabajaba hasta quedar exhausta.

¿Cómo podía hacerla comprender que se preocupaba por ella tanto como por el niño?

Esa idea ardió en su mente como un hierro al rojo vivo.

Nick agarró las riendas con fuerza y trató de refrenarse.

Shadow lo miró incrédulo.

Nick puso un gesto de mal humor.

Nunca había deseado que Lilly le importara, que nadie le importara. Su experiencia con Marcy era suficiente para llenar toda una vida. Pero ahí estaba, simple e innegable, por mucho o muy deprisa que corriera.

Deseaba a su hijo, pero se preocupaba por Lilly.

Darse cuenta de ello no cambiaba en nada las cosas, solo le complicaba la vida un poco más.

Lilly no deseaba tener con él una verdadera relación. Lo había dejado claro en más de una ocasión.

Pero, ¿a dónde le llevaba eso?

Confuso, decidió respirar hondo el aire polvoriento de Colorado. En algún momento las cosas se habían complicado.

Nick volvió a casa con la misma confusión con la que había salido de ella. Lilly estaba despierta esperándolo. En silencio, ella alcanzó su cinturón y la cremallera del pantalón que desabrochó.

Le gustaba aquella atrevida Lilly, de modo que le dijo con su cuerpo lo que no podía comunicarle con palabras: que se preocupaba por ella y que no tenía intención de dejarla marchar.

–Puedo ir al trabajo conduciendo yo sola –dijo ella dejando la taza sobre la encimera de la cocina.

–Sé que puedes –respondió él.

Tras varias semanas de matrimonio Lilly podía leer en el rostro de Nick como si fuera el libro que más le gustara. La severidad de su mentón significaba que aunque estuvieran todo el día discutiendo no lograría nada. Nick estaba decidido. Pero en aquella ocasión ella también lo estaba.

–Gracias, pero sé cuánto trabajo tienes –comentó Lilly cruzando la habitación y dándole unos golpecitos en la mejilla.

–Buen intento –respondió él con el ceño fruncido, capturando su mano y agarrándola para llevársela a los labios y succionarle un dedo.

Hubiera debido de adivinarlo, hubiera debido de darse cuenta de que, con Nick, nada servía excepto la sinceridad. En aquel momento, con Nick succionándole el dedo y recordándole el modo en que le había succionado los pechos la noche anterior, la excitación comenzó a recorrerla en su interior.

–Debemos... –Lilly se sentía incapaz de terminar la frase. ¿Por qué su lengua no funcionaba? Nick levantó una ceja inquisitiva–. Deberíamos de...

Entonces Nick la soltó y, con voz ronca y sexy, sugirió:

–¿De ir arriba y disfrutar del sexo?

–De marcharnos –respondió ella al fin–. A trabajar.

¿Cómo era posible que Nick la hiciera olvidarlo todo, todo excepto a él?

–¿Marcharnos? ¿Los dos?

Lilly no se creía capaz de conducir en ese momento. Asintió, recogió su bolso y se dirigió hacia la puerta. Nick la siguió riendo satisfecho.

–¿Te recojo a las cuatro? –preguntó él deteniéndose delante de la tienda de flores.

–A las cinco –él levantó una ceja–. Cinco –repitió Lilly saliendo y cerrando la puerta de golpe, antes de que él tuviera tiempo de protestar.

–¿Otra vez te enfadas con tu marido? –preguntó Beth.

–Es irritante.

–Excepto cuando sonríes como una tonta –repuso Beth.

Lilly frunció el ceño y agarró un delantal que se ató a la cintura. Le estaba más ajustado que un par de semanas antes.

–¿Lo mismo de siempre? –inquirió Beth.

–Siempre trata de controlarme.

–¿Y tú no?

–¿Qué se supone que significa eso? –preguntó Lilly cruzándose de brazos.

–Bueno, querida, hasta yo me doy cuenta de que estás trabajando demasiado –explicó Beth poniendo una flor en un jarrón–. Podemos contratar a alguien, quitarte algunas de tus responsabilidades.

–Yo no me voy.

–Ni yo te lo pido, pero no hace falta que estés aquí desde que se abre hasta que se cierra.

–La mitad de este negocio es mío.

–Pero no hace falta que te deje exhausta. Tómate algo de tiempo libre, disfruta de tu marido.

Ese era, en parte, el problema. Disfrutaba demasiado estando con su marido, la asustaba. Una vez había entregado su corazón, pero no había servido sino para arruinar todas sus esperanzas y sueños. No se atrevía a perder de nuevo el control.

–Nick no es Aaron.

–Tienes razón, es peor.

–Cualquiera se daría cuenta de que está loco por ti –añadió Beth sacudiendo la cabeza.

–Desea este hijo. Me ha dicho bien claro que puedo marcharme siempre y cuando deje a nuestro hijo con él.

–¿Y no crees que correría tras de ti?

Lilly recordó a Marcy, recordó la forma en que

Nick le había vuelto la espalda y le había dejado marchar sin mirar atrás.

–No.

–Entonces, cariño, es que estás ciega.

Lilly estuvo recordando las palabras de su hermana durante unas cuantas horas, pero luego el trabajo se amontonó. Trabajó durante la comida y notó un terrible y opresivo calor en el ambiente. Lilly se apartó el pelo de la nuca y se hizo una coleta, y después volvió a ponerse tras el mostrador para atender a los clientes y hacer el bouquet de Bernadette Simpson.

Le dolían los pies, la cinturilla del pantalón le apretaba y no paraba de sudar. Pero aún tenía trabajo que hacer cuando Nick llegó a buscarla.

–Estás exhausta –dijo él cruzándose de brazos.

–Un poco cansada –admitió ella.

–Vámonos, Lilly.

–Pero no he terminado aquí.

–Sí has terminado –intervino Beth entonces saliendo de la trastienda.

–Me llevo a tu hermana. Y mañana no vendrá a trabajar.

–No hay problema.

–Yo no me voy –replicó Lilly llena de frustración, a punto de estallar.

–Por las buenas o por las malas, la elección es tuya. Pero tú vienes a casa.

–¡No estás hablando en serio!

–Prueba a ver.

Beth reprimió una sonrisa y los interrumpió:

–Yo haré el bouquet para la oficina de correos, vete a casa con tu marido.

Nick le abrió la puerta.

Lilly seguía furiosa.

Se negaba a montar un escena en público. Agarró su bolso y caminó hacia el coche. Sus pisadas resonaron sobre el suelo.

–¿Te ha dicho alguien alguna vez que eres la persona más obstinada y terca del mundo? –preguntó

Nick subiendo al coche a su lado y clavando en ella la mirada.

–¿Yo? De eso habría mucho que hablar.

–Y hablaremos.

–Tienes razón –contraatacó ella–, ya es hora de que pongamos unas cuantas cosas en claro, Nick Andrews.

El ambiente estaba tenso.

Al llegar a casa Lilly no esperó a que Nick le abriera la puerta del coche.

Él caminó a grandes zancadas hasta la casa tras ella y dejó su Stetson sobre la encimera de la cocina. Lilly vio que le temblaba el pulso en la sien y tenía los labios apretados.

Los músculos del estómago se le contrajeron. La discusión era inaplazable. Y una cosa estaba clara: no podía dejar que Nick gobernara su vida.

–Siéntate –soltó él.

–Prefiero estar de pie.

–Y yo prefiero que te sientes. Ahora.

Lilly permaneció de pie.

Nick caminó por la cocina a grandes pasos, decidido. Y con cada nuevo paso Lilly sentía que se iba irritando más y más, hasta que tuvo los nervios a flor de piel.

–Puedes trabajar solo media jornada –repuso Nick deteniéndose a unos centímetros de ella. Su fragancia a montaña y a ira pendían sobre Lilly como una nube–. Más no.

–¿Media jornada? –inquirió Lilly helada–. ¿Quién te has creído tú que eres?

–Tu marido, que está deseando llegar a un compromiso. En realidad yo no quiero que trabajes nada.

–Olvídalo, Nick.

–No voy a permitir que mi mujer trabaje hasta quedar exhausta solo para demostrar que tiene razón –continuó Nick tomándola de los hombros. Lilly se soltó y caminó hasta el extremo opuesto de la cocina–. Quieres demostrar que puedes con ello, que no eres una vaga, que eres una especie de heroína. Pues déjame decirte algo, Lilly Andrews: ahora estás casada conmigo. Y no eres una heroína, no necesitas serlo.

–No voy a abandonar mi trabajo.

–Ni yo te he pedido que lo hagas, pero todo el mundo podría darse cuenta de que estás demasiado cansada, de que lo estás desde que volvimos de luna de miel. Tienes ojeras, estabas sudando cuando llegué a la tienda. Te estás echado a perder, y eso no lo voy a consentir. No, señorita, has agotado mi paciencia.

–Y tú la mía –replicó Lilly–. Quieres que esté aquí porque crees que es lo mejor. Me dices que es por mi propio bien, pero después tratarás de convencerme de que deje el trabajo para siempre. Quieres que dependa por completo de ti –añadió levantando el mentón–. Pues olvídalo.

En aquel instante Nick no pudo seguir controlando su ira. Lilly vio el fuego de su mirada.

–¿Cómo te atreves a compararme con ese imbécil con el que te casaste? Esto no tiene nada que ver con el control. Tú tienes tu dinero, tu cuenta bancaria, y estás autorizada a operar con la mía –Nick se pasó una mano por el cabello–. Se trata de ti, de la forma en que estás trabajando sin parar cuando lo que deberías de estar haciendo es cuidarte.

–No, se trata de tu hijo –contraatacó ella–. Te niegas a perder otro hijo, y me lo estás cargando a mí.

Nick dio unas cuantas zancadas y la tomó de los hombros.

–Maldita sea, Lilly, ¿tanto trabajo te cuesta darte cuenta de que me importas?

–Puedes utilizar todas las palabras tiernas que quieras, Nick. Yo sé la verdad. Harías cualquier cosa, cualquier cosa, con tal de salirte con la tuya.

–Puede que este matrimonio tuviera lugar solo a causa de nuestro hijo, pero... ¿vas a negar la atracción sexual que nos hizo concebirlo?

–Nick...

–¿Y qué me dices de la forma en la que hacemos el amor? Anoche gritabas mi nombre, mientras yo me liberaba. ¿Acaso lo has olvidado? –Lilly se estremeció–.

¿Se trata solo de nuestro hijo? –volvió a preguntar él–. ¿Entonces por qué anoche quisiste hacerme el amor? ¿Estás negando que puedo hacerte sentir deseo?

Lilly se ruborizó. Pero Nick insistió:

–¿Y qué me dices de la forma en que nos lo contamos todo el uno al otro después del trabajo, cuando voy a recogerte? ¿Es que no hemos desarrollado ninguna amistad?

–Yo tengo muchos amigos.

–Pero sólo tienes un amante.

Lilly no podía respirar, no podía pensar.

Nick tenía razón, ella solo tenía un amante... él. Ningún otro hombre había tenido sobre ella el poder que tenía Nick. Ningún otro hombre podía controlarla, podía hacerla desear cosas que se había jurado nunca desearía.

Ningún otro hombre le había robado el corazón.

Ningún otro hombre le resultaba tan peligroso como Nick.

Nick había cavado en ella un pozo profundo, y lo había llenado de emoción. Y si le permitía estar a su lado mucho tiempo más nunca sobreviviría a ese amor.

Esa idea la asustó. Lilly se soltó.

–¡Lilly! –ella agarró el picaporte de la puerta y la abrió–. ¡Lilly, espera!

Lilly huía de él y de sí misma, atenazada por el pánico. Corría. Necesitaba aire, necesitaba espacio, necesitaba alejarse de él.

Las lágrimas cegaban sus ojos, y no vio el tronco del árbol caído hasta que no fue demasiado tarde.

Capítulo Once

Nick corrió a su lado y cayó de rodillas.

–¿Estás bien?

Lilly lloró histérica, alargó los brazos y lo rodeó por el cuello. No había esperado que reaccionara de ese modo, esperaba su ira.

Pero en lugar de ella se encontró con su ternura.

Nick la acunó, le prometió que todo iría bien, y ella se aferró a esa promesa a pesar del pánico.

–Lo siento –susurró Lilly.

Estaba aterrorizada. ¿Qué ocurriría si perdía al bebé? Nunca había pensado que llegaría a ser madre, pero su estupidez podía costarle cara.

–Lo siento, lo siento mucho.

–Lo sé, Lilly, lo sé.

Y Lilly lo creyó.

–¿Dónde te duele?

–Solo me siento un poco mal.

–Tenemos que ir al médico –Lilly asintió–. Todo irá bien.

Durante el trayecto en coche Lilly se aferró a esas palabras y al penique de la suerte.

Cuando llegaron Nick la llevó en brazos. El olor a antiséptico invadía su olfato y le producía un nudo en el estómago.

Enseguida les condujeron a la consulta del médico y Nick ayudó a Lilly a ponerse el camisón.

Menos de un minuto después el doctor Johnson entró y le pidió a Nick que esperara fuera.

Lilly tragó. Deseaba, necesitaba que Nick estuviera presente.

Él sostuvo su manos unos segundos, apretándoselas antes de retirarle el pelo de la cara.

–Todo irá bien –juró de nuevo.

–Espere fuera, joven –insistió el doctor Johnson.

Hasta ese momento Nick nunca había conocido el verdadero terror.

La puerta se cerró, arrebatándole a Lilly y a sus enormes ojos asustados de la vista.

Nick caminó de un lado a otro de la habitación, con pisadas cada vez más fuertes conforme iba aumentando la tensión. Minutos más tarde se detuvo y golpeó con el puño la pared jurando en silencio.

Miles de ideas invadían su mente. No quería perder al bebé, Dios sabía que él nunca sobreviviría si eso ocurría.

Pero, más aún, no quería perder a Lilly.

La idea de una vida sin ella le resultaba más oscura que una noche en una montaña sin la luz de la luna.

Al terminar su primer matrimonio, cuando el juez dictaminó en su contra, Nick se juró no volver a abrirle nunca el corazón a nadie. Pero Lilly, con su afán por la independencia, se había introducido en él sin que se diera cuenta.

Había hablado en serio al decirle que ella le importaba tanto como el niño. Llevaba días luchando contra aquella idea, semanas.

Amaba a Lilly.

Así de sencillo y de complicado, la amaba.

Y la idea le resultaba tan extraña como indeseada. Pero cuanto más trataba de ignorarla más fuerte se hacía.

Se había engañado a sí mismo al decirse que simplemente le importaba. La adoraba, admiraba su dedicación al bebé, a su trabajo. Admiraba de ella incluso las cosas que lo volvían loco.

–La amo –dijo en voz alta.

¿Cómo era posible que no se hubiera dado cuenta antes?

Se había sentido atraído hacia ella en la boda de Kurt y Jessie, y después, al conocerla mejor, se daba cuenta de que no había en ella nada de falso. De pronto comprendía que había sido honesta al ocultarle que estaba embarazada.

Al compararla con Marcy había llegado a una conclusión errónea. Para Lilly tener una aventura era algo tan extraño como para él.

Lilly no había deseado aquel matrimonio, y sin embargo había luchado por él, había hecho lo más justo.

Había estado tan ciego por su pasado que ni siquiera se había dado cuenta de que sus códigos morales eran similares.

Nick respiró hondo y se hundió sobre una de las incómodas sillas de vinilo.

Lilly tenía razón cuando lo acusaba de tratar de controlarla. Estaba tan desesperado por asegurarse de que no perdería a otro hijo que había amenazado a Lilly con el arma más poderosa de su arsenal: la custodia del niño.

Desde el principio se había mostrado decidido a salirse con la suya. Estaba tan resuelto que ni siquiera había admitido la verdad para sí mismo: que Lilly le importaba tanto como el niño desde antes de la boda.

Y de pronto comprendía que... la amaba, que haría cualquier cosa por conservarla a su lado.

Deseaba decírselo de inmediato, en cuanto pudiera abrazarla, arriesgándose a que lo maldijera. Deseaba que ella fuera su esposa tanto en un sentido emocional como físico, para siempre.

—Puede usted entrar, joven —dijo el doctor Johnson.

Nick se apresuró a entrar en la habitación con pasos agigantados, llegando a donde estaba sentada Lilly. Tomó su mano y confesó lleno de sinceridad:

—Te quiero, Lilly. Dime que estás bien.

—Yo... tú...

—Tanto la madre como el hijo están bien —repuso el doctor aclarándose la garganta—. Los dejaré solos.

El médico se marchó, y una sonrisa iluminó el rostro de Nick. Aquella buena noticia alegró pronto su corazón.

—Lo siento —dijo ella con los ojos muy abiertos, brillantes y llenos de lágrimas–. Siento haberte asustado. Y haber salido corriendo.

–Tenías razón –repuso Nick poniendo un dedo sobre sus labios para hacerla callar y sacudiendo la cabeza. Lilly se recogió unos mechones de pelo con dedos temblorosos–. Era yo quien me equivocaba.

–No.

–Puedes seguir trabajando, yo haré todo lo que esté en mi mano para que puedas seguir en la tienda. No tienes porqué renunciar a nada. Contrataré a alguien, a una niñera, si quieres. Sea lo que sea lo que sueñes yo te apoyaré. Siempre que vuelvas a mí al final del día.

–¿Aún lo deseas?

–Por supuesto que lo deseo –respondió él apretando su mano y mirándola a los ojos intensamente–. Es conmigo con quien estoy enfadado.

–No comprendo.

–Tenías razón cuando dijiste que quería controlarte. Quería que estuvieras en casa, relajada, cuidando de ti misma y del bebé. Se trataba de lo que yo deseaba, no de lo que era mejor para ti.

Lilly exhaló el aire contenido y respondió:

–Tenía miedo de perder al bebé –susurró ella con voz ronca. Lágrimas transparentes daban luz al verde de sus ojos–. Si perdía al bebé podía perderte a ti también.

–A mí no –aseguró Nick.

–¿Qué estás diciendo?

–Quiero que nuestro matrimonio sea para siempre.

–Aunque...

–Aunque no viniera ningún bebé desearía que estuviéramos juntos para siempre –repitió Nick.

–¿Lo decías en serio, era en serio que...? –inquirió Lilly, temerosa de esperar demasiado.

–Sí. Te amo, Lilly. Estoy deseando cambiar, convertirme en el marido que tú deseas.

–Yo no quiero que tú cambies –alegó ella sacudiendo la cabeza.

Nick sintió que se le aceleraba el pulso.

Las lágrimas invadieron los ojos de Lilly, pero en esa ocasión eran lágrimas de felicidad.

–¿Me amas? –preguntó ella en un susurro, incrédula.

–Sí, con toda mi alma y mi corazón.

Nick la amaba.

A ella.

Había estado tan segura de que nunca la amaría, de que siempre se sentiría como una extraña en su propio matrimonio...

Había luchado duro, decidida a no enamorarse. Entonces, al ver que era demasiado tarde y que su corazón ya se había rendido, había tratado de enterrar su vulnerabilidad profundamente, donde él nunca pudiera encontrarla.

Una lágrima resbaló por su mejilla yendo a caer en la mano de Nick.

–Era yo la que no veía la verdad –dijo Lilly con voz trémula–. He dejado que las heridas que me hizo Aaron me cegaran.

Nick y Aaron no hubieran podido ser más diferentes. Nick no deseaba que ella se quedara en casa esperándolo, nunca le había pedido que dejara el trabajo. En lugar de ello le había sugerido que considerara la idea de trabajar media jornada de modo que pudiera descansar más.

Nunca había insistido en que ella le preparara la cena: de hecho la mayor parte de las veces era él quien había cocinado. Dejaba el trabajo temprano todos los días para ir a recogerla a la tienda y cuidar de ella, ignorando sus propios sueños en favor de los de los demás.

–Tenías razón cuando dijiste que había una enorme diferencia entre controlar y preocuparse por los demás.

De pronto Lilly comprendía por dónde pasaba la línea que distinguía una cosa de la otra: por el centro de su corazón.

No tenía que demostrar nada. Nick nunca trataría de transformarla para hacer de ella otra persona. Podía realizar sus sueños de ser madre sabiendo que su marido la apoyaría por completo.

–En una ocasión dijiste que podía trabajar para ti. ¿Sigue en pie la oferta?

–El rancho sería más productivo con tu ayuda.

–¿Y te parece bien si trabajo en la tienda media jornada?

–Sí, siempre que me dejes mimarte cuando vuelvas a casa –repuso Nick. Lilly sintió que su alma se encumbraba. Luego él le preguntó, lleno de vacilación–: ¿Me quieres?

–Sí, Nick, te quiero. Te he querido desde nuestra luna de miel, desde el momento en que me dijiste que iríamos a mi ritmo.

–Te juro que te amaré, te adoraré, te protegeré y mimaré y, por encima de todo, te honraré para siempre –prometió Nick elevando su mano para ponérsela sobre el pecho–. ¿Quieres ser mi esposa para siempre?

–Sí –respondió Lilly temblando solo de pensar en la enormidad de aquel compromiso.

Nick la tomó en sus brazos y la abrazó, sellando el compromiso con un beso que encendió cada terminación nerviosa de su cuerpo. Ella respondió con todo lo que tenía para ofrecer: su honestidad, su pasión, su amor...

Los ojos azules de Nick brillaron cuando se apartó y dijo:

–Quiero llevarme a mi mujer a casa.

–Y yo quiero irme a casa.

–Tus deseos son órdenes para mí –añadió Nick tomándola en brazos y estrechándola contra su pecho.

Lilly se vistió y ambos abandonaron la consulta.

–Estamos enamorados –le dijo Nick al doctor Johnson al salir.

–Eso diría yo –contestó el hombre sonriendo.

–Eh, Bernadette –la llamó Nick una vez que hubieron salido–. ¿Querrías darle un mensaje a la señorita Starr de nuestra parte?

–Bueno, ella tiene métodos para enterarse de todo –alegó la mujer.

–Dile que Lilly prefiere ahora los tulipanes rojos.

–Ah, comprendo.

Lilly se echó a reír. Por mucho que le pusiera la mano sobre la boca no conseguía que Nick se callara.

–Y dile también que Lilly ya no lee novelas con final trágico.

–La señorita Starr se emocionará –respondió Bernadette sonriendo.

–Eres imposible, señor Andrews –comentó Lilly al dejarla él sobre el asiento del vehículo.

–Pues tienes toda una vida por delante para hacerme cambiar, señora Andrews.

–Puede que haga falta algo más que una vida.

–Señora, tendrás todo el tiempo que desees.

Entonces, sin importarle quien los viera, Nick la tomó de la barbilla y capturó sus labios para susurrarle palabras de amor.

Epílogo

La señorita Starr se sentó en la primera fila de la iglesia de la ciudad apretando un pañuelo entre las manos. Los domingos se sentaba siempre en la última fila para poder observar, pero aquel era el día de Navidad y no quería perderse un detalle.

Nick, Lilly y Noelle, su hija recién nacida, formaban parte del primer espectáculo navideño de la iglesia en el que se representaba el nacimiento. Y la pequeña no había llorado.

Lilly y Nick estaban arrodillados a los lados de la rústica cuna de madera. El ajado sombrero de cowboy de Nick no podía ocultar que solo tenía ojos para su mujer y su hija.

Kurt Majors, Shane Masters y el sheriff Spencer McCall representaban a los tres Reyes Magos. Y cada uno de ellos le llevaba un regalo al niño: una pepita de oro, salvia y una rama de siempreviva.

Mientras estaban ante el niño con sus presentes la señorita Starr se deslizó de su asiento y dejó una rama junto a la cuna. Después de todo ella había participado en el enlace de aquella familia, y el amor era el mejor de todos los regalos.

El reverendo Matthew Sheffield, como párroco de la iglesia, terminó de narrar la historia del nacimiento. La señorita Starr no pudo evitar mirar a los tres reyes magos. Kurt estaba felizmente casado a juzgar por la expresión de su rostro, Spencer representaba a la ley en la ciudad, y había decidido que la ley y el amor eran incompatibles, pero ella se encargaría del asunto.

Y por último estaba Shane Masters, que ya había estado casado en una ocasión. Y además había estado por completo enamorado. La señorita Starr se había enterado unos pocos días antes de que la ex mujer de Shane iba a volver a la ciudad. Volvería en un par de semanas para hacerse cargo del café y de la tienda de regalos de su tía.

Dos de los tres hombres del trío problemático vivían por fin un final de historia feliz, así que ya era hora de que el tercero consiguiera también su anillo de casado.

Quizá hubiera algo que ella pudiera hacer. Al fin y al cabo era una ventaja ocuparse de la oficina de correos. Siempre era la primera en enterarse de todo, y eso le daba la oportunidad de colocar a Cupido en su sitio.

La congregación cantó «We wish you a Merry Christmas» y los tres Reyes Magos guiaron a la procesión de nuevo al altar.

Cuando Nick y Lilly los siguieron, con Noelle en brazos de la madre, ella y la señorita Starr se miraron.

El calor de la radiante sonrisa de Lilly asombró a la señorita Starr a pesar de sus más de sesenta y tantos años. ¡Estar enamorada de nuevo...!

Nick posó un beso en la frente de Lilly, y la señorita Starr no pudo evitar sonreír antes de unirse al coro cantor.

A la salida Kurt y Jessie buscaron a Nick y a su familia. Lilly y Jessie se entretuvieron con Noelle, y Nick le preguntó a Kurt:

—¿Cuándo vais a tener vosotros un niño?

—Pronto, quizá. Es demasiado temprano para saberlo, pero en cuanto pueda te lo comunicaré.

Nick felicitó a su amigo. Luego sonrió cuando Kurt le preguntó sobre el matrimonio.

—Tenías razón, no se trata solo de un matrimonio de conveniencia.

—Me lo imaginaba —respondió Kurt.

Luego Kurt ayudó a su mujer a ponerse la parka y todos se despidieron y se adentraron en la navideña nieve.

Al salir de la iglesia Beth y sus padres se pararon,

recordándoles a Nick y a Lilly a qué hora los espera-
ban para cenar.

–Estaremos allí, señora Baldwin –prometió Nick.

–Mamá –lo corrigió la mujer.

–¿Mamá?

–Si no te importa llamarme así...

El corazón de Nick dio un vuelco. ¿Sería una verdadera madre para él? Nick apenas sabía qué contestar.

–Eso me honra –respondió besándola en la mejilla.

–¿Aún sigues sin creer en Santa? –inquirió Lilly.

–Creo que voy a comenzar a creer –confesó Nick.

Todos sus sueños se estaban convirtiendo en realidad: Lilly, Noelle, una familia en Navidad...

Shane Masters se quitó el sombrero y lo sacudió
contra la pernera del pantalón antes de despedirse.

–¿Quieres venir a cenar con nosotros mañana por
la noche? –lo invitó Lilly.

¿Es que acaso la felicidad que le proporcionaba
Lilly nunca tenía fin?, se preguntó Nick. Siempre generosa, invitaba incluso a sus amigos solteros a cenar
por Navidad.

–No, gracias. Bridget, la del Chuckwagon, me dio
una cesta. Aún tendré mucha comida mañana.

–¿Y vas a cenar solo? –preguntó Lilly horrorizada.

–No te preocupes, así podré adelantar un poco de
trabajo. Y enhorabuena por el precioso bebé –añadió
marchándose.

Por fin, cuando Nick y Lilly estuvieron solos con el
reverendo Sheffield, él dijo:

–Tengo que pedirte un favor.

–Claro.

–Quiero añadir la promesa de que amaré a mi mujer hasta que la muerte nos separe.

–No se me ocurriría nada más apropiado.

Matt entonó unas cuantas oraciones y Nick renovó
sus promesas, ofreciendo en aquella ocasión su amor
desde lo más hondo de su alma y con confianza.

Y luego Lilly hizo lo mismo.

Una hora más tarde estaban solos, en casa, envueltos en la tradición y la magia de la Navidad.

Lilly miró a Nick con los ojos inmensamente abiertos por el amor. Su mano diminuta señaló el dedo de él, mucho más largo, mientras parpadeaba.

–He sido bendecido por los milagros, Lilly –susurró él–. Gracias.

–Cada día te quiero más –respondió ella acercándose a él.

–Feliz Navidad, cariño –le deseó Nick al oído, en un susurro.

Lilly sintió que su cuerpo respondía como siempre que él la tomaba en sus brazos.

–Hay muérdago cerca de la chimenea.

–¿Y a qué estamos esperando? –sonrió él guiándola escaleras abajo, donde la estrella blanca en lo alto del árbol de Navidad parecía ofrecerles el mismo regalo de amor que había proporcionado a todo el mundo durante siglos.

Había regalos para todos, tal y como Nick siempre había soñado: aquellas eran unas vacaciones perfectas para su familia.

Fuera, desde la ventana del salón, la nieve caía en copos decorando el paisaje y colgando de la rueda del carro que habían adornado juntos.

–Gracias por las flores –dijo ella admirando las lilas que él le había mandado para decirle que vivir con ella era como estar en el cielo.

Nick no se había conformado con mandarle lilas al hospital. Lilly había recibido también una docena de rosas rojas y un bouquet de tulipanes rojos. Nick recordaba que ella nunca recibía flores, y se había encargado del asunto en profundidad.

–Sé que aún es pronto para hacer el amor –respondió Nick–, pero tengo unas cuantas ideas que podemos probar, para celebrarlo.

–¡Ah! ¿Sí? –preguntó ella con inocencia.

–Ho, ho, ho –rio él travieso, alcanzándola.

Y Nick la desenvolvió con reverencia, como el mejor regalo que hubiera recibido nunca.

Acepte 2 de nuestras mejores novelas de amor GRATIS

¡Y reciba un regalo sorpresa!

Oferta especial de tiempo limitado

Rellene el cupón y envíelo a

Harlequin Reader Service®

3010 Walden Ave.

P.O. Box 1867

Buffalo, N.Y. 14240-1867

¡Sí! Por favor, envíenme 2 novelas de amor de Harlequin (1 Bianca® y 1 Deseo®) gratis, más el regalo sorpresa. Luego remítanme 4 novelas nuevas todos los meses, las cuales recibiré mucho antes de que aparezcan en librerías, y factúrenme al bajo precio de $2,99 cada una, más $0,25 por envío e impuesto de ventas, si corresponde*. Este es el precio total, y es un ahorro de más del 10% sobre el precio de portada. ¡Una oferta excelente! Entiendo que el hecho de aceptar estos libros y el regalo no me obliga en forma alguna a la compra de libros adicionales. Y también que puedo devolver cualquier envío y cancelar en cualquier momento. Aún si decido no comprar ningún otro libro de Harlequin, los 2 libros gratis y el regalo sorpresa son míos para siempre.

416 BPA CESK

Nombre y apellido	(Por favor, letra de molde)	
Dirección	Apartamento No.	
Ciudad	Estado	Zona postal

Esta oferta se limita a un pedido por hogar y no está disponible para los subscriptores actuales de Deseo® y Bianca®.

*Los términos y precios quedan sujetos a cambios sin aviso previo.

Impuestos de ventas aplican en N.Y.

SPD-198 ©1997 Harlequin Enterprises Limited

Deseo®...
Donde Vive la Pasión
¡Los títulos de Harlequin Deseo® te harán vibrar!

¡Pídelos ya! Y recibe un descuento especial
por la orden de dos o más títulos

HD#35151	EL JUEGO DEL ESCONDITE	$3.50 [
HD#35203	NO ABANDONES NUNCA	$3.50 [
HD#35291	UN NOVIO DIFÍCIL	$3.50 [
HD#35292	OTRA OPORTUNIDAD DE AMAR	$3.50 [
HD#35293	UNA VIDA NUEVA	$3.50 [
HD#35294	UNA PASIÓN PASAJERA	$3.50 [

(cantidades disponibles limitadas en algunos títulos)

CANTIDAD TOTAL $ _____

DESCUENTO: 10% PARA 2 Ó MÁS TÍTULOS $ _____

GASTOS DE CORREOS Y MANIPULACIÓN $ _____

(1$ por 1 libro, 50 centavos por cada libro adicional)

IMPUESTOS* $ _____

<u>TOTAL A PAGAR</u> $ _____

(Cheque o money order—rogamos no enviar dinero en efectivo

Para hacer el pedido, rellene y envíe este impreso con su nombre, dirección
y zip code junto con un cheque o money order por el importe total arriba
mencionado, a nombre de Harlequin Deseo, 3010 Walden Avenue, P.O. Box
9077, Buffalo, NY 14269-9047.

Nombre: _____

Dirección: _____ Ciudad: _____

Estado: _____ Zip Code: _____

Nº de cuenta (si fuera necesario):_____

*Los residentes en Nueva York deben añadir los impuestos locales.

Harlequin Deseo®

CBDES

Cuando se encontraba con una mujer desnuda en la cama, el reportero de guerra Sam Kovacs sabía normalmente qué debía hacer. Pero esa vez era diferente. Al fin y al cabo, Rachel Murray y él acababan de conocerse y tendrían que trabajar juntos durante el siguiente año. Quizás el trabajo resultara más excitante de lo que había supuesto...

PÍDELO EN TU QUIOSCO

Cuando una preciosa morena entró en el despacho de Dominic Hunter con un bebé asegurando que él era el padre, Dominic supo que nunca habría podido olvidarla si hubiera hecho el amor con ella.

Pero Tina estaba convencida de que Dominic era el padre de Bonnie, aunque insistiera en negar su paternidad, y estaba decidida a que aquel seductor sin corazón se responsabilizara de su hija...

El amante equivocado

Miranda Lee

PIDELO EN TU QUIOSCO